Gisela Nordmann · Das Haus an der Selke

AF150430

Gisela Nordmann

Das Haus an der Selke

Erzählung

© 2016 Gisela Nordmann
Satz und Layout: Buch&media GmbH, München
Umschlaggestaltung: Kay Fretwurst, Freienbrink
unter Verwendung einer Fotografie
von Wilhelm Mühlenberg †, Hoym um 1921
Herstellung und Verlag: BoD – Books on Demand
Printed in Germany
ISBN 978-3-7392-0616-5

Inhalt

Meinen Eltern und meiner Schwester gewidmet

und

Gertrud Ehlers

Einführende Gedanken

Das Leben – ein Haus aus Büchern,
jedes Buch ein Schicksal und
Quelle weiterer Schicksale.

Der Friedhof – Lebensort,
jedes Grab ein Buch und
gewesenes Schicksal.

Das Schicksal der Vorfahren – sinngebend
auch dem Leben derer,
die nach ihnen kommen.

Jedes Schicksal – nur ein kleiner Abschnitt
auf dem unendlichen Gleise
der Zeit.

Hoym 1944

Mein Zuhause

Am Ortsausgang von Hoym, einer kleinen anhaltischen Stadt im nördlichen Harzvorland, lag unser Grundstück dort, wo die Selke einen Bogen macht. Hinter der Brücke bewachten zwei hohe Pappeln den Weg, der zwischen Garten und Wiese zum Hof führte. Kein Unwetter hatte diesen Bäumen bisher geschadet. Der Hof wurde nach drei Seiten rechtwinklig von Wohnhaus und Stallungen begrenzt, die vierte Seite war offen und gewährte den Blick auf kleinere Gebäude, Weideland und Felder. Drei mächtige Kastanien spendeten an heißen Tagen Schatten, und der Rasen auf dem unbewirtschafteten Hof lud zum Barfußgehen ein. Das war mein Zuhause.

Den Sommer über stromerte ich, wie meine Mutter es nannte, den ganzen Tag über draußen herum. Mal war ich unten an der Selke, um Steinchen ins Wasser zu werfen oder von den Weiden eine Gerte abzubrechen, mal im Garten, um von den Sträuchern Beeren zu naschen oder die leuchtend roten Tomaten zu probieren, die damals viel stärker dufteten als heute.

Bei Regen spielte ich allein oder mit einer Freundin im Gartenhaus. Gelegentlich durchforsteten wir auch den Dachboden. Er barg viele Geheimnisse, hatten doch schon mehrere Generationen in dem betagten Haus gewohnt und Spuren zum Beispiel in Gestalt von Spielzeug oder Kinderbüchern hinterlassen, die wir nun in dem Giebelstübchen und Kammern fanden: ein altes Schaukelpferd, Puppenstubenmöbel und auch den Struwwelpeter. Den habe ich heute noch.

Wir waren acht Jahre alt und genossen die Ferien in diesem Sommer des Jahres 1944.

Das kleine Anwesen war nach dem Tod des Großvaters in den Besitz meiner Großmutter und meiner Mutter übergegangen. Großvater hatte auf diesem herrlichen Fleckchen Erde – wie davor schon sein Vater – eine Ziegelei betrieben. Außerdem war Großvater Hobbyarchäologe gewesen und hatte bei Ausgrabungen manchen achtbaren Erfolg erzielt. 1903 erschien in Köthen seine geschichtliche Beschreibung »Hoym« im Rahmen der Beiträge zur Anhaltischen Geschichte. Er wurde auch nach seinem Tode noch sehr geschätzt, wiesen seine Arbeiten doch auf eine uralte Besiedelung der Gegend hin.

Manchen Fund aus heidnischen Begräbnisstätten, wie zum Beispiel die Hoymer Hausurne, hatte er in Ton nachgebildet und gebrannt und diese Kopien zierten Hügel in unserem Garten und Mauernischen.

Mein Vater hatte nach der Inflation auf dem Grundstück seiner Schwiegereltern eine Hühnerfarm eingerichtet, den »Hoymer Hühnerhof«. Doch das Geschäft ging schlecht und so folgte er 1936 dem Ruf der Mobilmachung und trat als Offizier in den Dienst der Wehrmacht. Er hatte bereits im Ersten Weltkrieg gedient.

War er auf Urlaub da, dann wich ich ihm nicht von der Seite und begleitete ihn auf seinen Rundgängen – wie ein Dackel, meinte meine Mutter.

Manchmal sammelten wir Schmetterlingsraupen. Vater wusste, dass diese in großer Zahl an Brennnesseln zu finden waren. Zu Hause setzten wir sie in eine alte Stalllaterne, gaben Blattwerk hinzu und warteten, ob sie sich verpuppten. Wenn das dann eines Tages geschehen war und nach einer weiteren spannenden Wartezeit sogar ein Schmetterling, zum Beispiel ein kleiner Fuchs, schlüpfte und sich entfaltete, war die Freude kaum zu beschreiben.

Die Eltern waren bei Verwandten und Freunden gern gesehen und auch selbst oft Gastgeber geselliger Zusammenkünfte.

Mein Vater war außerdem sehr musikalisch. Er spielte Violine in einem Streichquartett. Von der Zuneigung meiner Eltern zueinander zeugt ein kleines, von meiner Mutter gefertigtes Kinnkissen, auf das sie mit Feder und Tusche unser malerisches Gartentor, auf dem eine Nachtigall sitzt, gezeichnet hatte. Die Eltern mochten die Gedichte von Theodor Storm ...

Meine große Schwester hatte einen eigenen kleinen Garten. Ein Foto zeigt uns auf der Bank vor ihrer Laube, wir haben Kirschen in den Händen und auch unsere Ohren mit den roten Früchten behängt. Wir waren sehr vertraut miteinander, trotz des Altersunterschieds von zwölf Jahren. Auf dieser Vertrautheit beruhte wohl auch das folgende Ereignis:

Meine Schwester besuchte die Lehrerbildungsanstalt in Oranienbaum und machte Praktikum im Heimatort, ausgerechnet in meiner Klasse, einem 3. Schuljahr! Ich erinnere mich an ein wunderschönes Bild, mit bunter Kreide auf die Tafel gemalt: wogendes reifes Korn – Kornblumen –, Roter Mohn (den hat sie ihr ganzes Leben lang geliebt), musizierende Käfer und Grillen. Es ging um das Gedicht: »Ein Leben war's im Ährenfeld« von August Heinrich Hoffmann von Fallersleben.

Da stand ich auf, ging vor zum Katheder und sagte: »Irmgard binde mir bitte mal die Zöpfe zu!« Sie tat es anstandslos und fuhr fort im Unterricht.

Meine Schwester hatte da bereits ihren ersten Freund verloren. Den mochte ich sehr, hatte er mich doch das Laufen auf Stelzen gelehrt, als er einmal bei uns in Hoym auf Urlaub da war. Mein Vater hat uns dabei fotografiert. Das Foto zeigt unseren Gast in Uniform, Pfingsten 1943. Wenig später ging Irmgard weinend mit einem Brief in der Hand umher.

André war in Russland gefallen, mit 21 Jahren. Irmgard war damals 19. Was blieb: ein Fotoalbum, Briefe und ein Notizbuch. Wir fanden diese Dinge 2015 in ihrem Nachlass!

Zu unserer Familie gehörte auch Tante Gertrud, eine Halbschwester meines Großvaters. Sie hatte ihr gesamtes Erbe für die Schulden ihres Lieblingsbruders, einem Spieler, geopfert. Nur ein lebenslanges Wohnrecht in unserem Haus war ihr geblieben. Ihren Lebensunterhalt hatte sie als Säuglingsschwester verdient. Nun im Ruhestand trug sie aber immer noch die Tracht ihres Verbandes. Sie war für Handarbeiten zuständig und brachte mir das Häkeln und das Stricken bei. Zeitweise nähte sie für die Junkerswerke Fallschirme.

Meine greise Großmutter saß an warmen Tagen meistens auf dem Hof. Manchmal lockte sie die Hühner mit ein paar Körnern heran und sah den Tieren beim emsigen Picken zu. Wohl gefiel ihr auch der prächtige bunte Hahn, der inmitten seiner rebhuhn-farbenen Hennen sich mächtig aufplusterte und laut krähte. Auch hatte sie es gern, wenn die grau getigerte Katze sich an sie schmiegte oder miauend um sie herumschlich.

Großmutter war immer schwarz gekleidet. Oft trug sie auch ein gehäkeltes schwarzes Kopftuch über dem spärlichen Haar, das zu einem kleinen Knoten am Hinterkopf zusammengesteckt war. Meine Mutter frisierte sie jeden Morgen. Das war ein Ritual.

Ob Großmutter je krank war, weiß ich nicht. »Ein Arzt kommt mir nicht ins Haus«, soll sie immer gesagt haben.

Oft unterhielt sie sich auch mit den geistig Behinderten aus der Landessiechenanstalt. Von 1855 bis 1863 hatte hier sehr zurückgezogen Herzog Alexander Karl von Anhalt-Bernburg gelebt. Er soll geisteskrank gewesen sein und hatte seinen Wohnsitz in Ballenstedt am Harz verlassen. Sein Kammerherr war der aus Dresden stammende Maler Wilhelm von Kügelgen. Nach dem Tod von Alexander Karl wurde das Schloss während des Krieges 1870/71 als Lazarett genutzt. Spätere Herzöge übereigneten das Gebäude dann 1878, wohl im Gedenken an ihren Vorfahren, der Landesdirektion mit der Bestimmung, hier eine Siechenanstalt einzurichten.

Die Landessiechenanstalt hatte unsere Scheune gepachtet und beschäftigte die armen Menschen in ihr zum Beispiel damit, Wagen mit Heu oder Stroh zu be- oder entladen, sofern ihr Geisteszustand das zuließ. Die Kranken waren glücklich, wenn Großmutter ihnen zuhörte, voller Barmherzigkeit und Güte.

Ab und zu rief sie nach mir und nannte mich »Röschen«. Das war der Kosename meiner Mutter, die eigentlich »Therese« hieß.

Für mich war es eine heile Welt, in die ich da hineingeboren worden war. Ich war glücklich mit Vater, Mutter, Schwester, Tante und Großmutter. Niemand hatte ein besseres Zuhause als ich – und ich glaubte, dass das immer so bleiben würde.

Mutters 45. Geburtstag

Auch meine Schwester liebte die heimatliche Idylle, in der sie eine schöne Kindheit verlebt hatte. Davon hat sie immer wieder geschwärmt. Diese Zeit hat sie wohl auch gestärkt für das weitere Leben.

Nach dem Abitur und dem Arbeitsdienst leistete sie 1944 im Staßfurter Rundfunkwerk Kriegshilfsdienst. Ich habe einen Brief von ihr gefunden, den sie im März 1944 aus Staßfurt an unsere Mutter schrieb und aus dem ich unbedingt zitieren muss:

Meine liebe Mutter, übermorgen ist nun Dein Geburtstag, und Deine Große kann diesmal nicht bei Dir sein ... Ich wünsche Dir alles erdenklich Gute und – wenn möglich – noch einiges mehr. Ob es der letzte Geburtstag im Kriege ist? Diesmal sieht es ja wirklich danach aus, denn außer Deiner Großen ist ja auch Vater nicht da. Weißt Du, Mutter, erst nachdem ich von zu Hause fort bin, habe ich erkannt, wie es ist, ein Zuhause zu haben und vor allem eine Mutter, die einem dies Zuhause so schön macht ...

Vater schickte mir Andre's letzten Brief. Ich will nachher an seine Mutter schreiben, weil doch Sonntag Heldengedenktag ist ...

Nun herzliche Grüße und Dir einen dicken Kuss »Marke Geburtstag«.

Deine Große

Übrigens habe ich den Brief im Luftschutzkeller geschrieben.

Dieses Schreiben hatte Irmgard noch liebevoll umrahmt mit Sonnenblumen und Rosen und an der unteren Kante ein kleines Bild von ihr und mir in Form eines Medaillons eingefügt.

Weihnachten 1944

Am späten Nachmittag des Heiligen Abends gingen meine Schwester und ich in jedem Jahr zur Christvesper. Diese fand in der Kapelle der Landessiechenanstalt statt, weil unsere Kirche nicht geheizt werden konnte. Die Kapelle war immer gut besucht, und wenn man zu spät kam und hinten sitzen musste, bemerkte man kaum, was vorn geschah. Aber wenn der Pfarrer die Weihnachtsbotschaft verlas und »Stille Nacht, Heilige Nacht« angestimmt wurde, dann war Weihnachten. Wir umarmten unsere Cousinen, die auch immer da waren, und wünschten uns gegenseitig ein »Frohes Fest«. Dann eilten Irmgard und ich durch die Gassen, am Mühlgraben entlang, an der Wiese vorbei über die Selkebrücke zu unserem Hof. Über uns funkelten die Sterne, sie waren gut zu sehen in der Dunkelheit. Unser Elternhaus ließ Wärme ahnen. Licht drang nur spärlich durch die geschlossenen Fensterläden. Man hatte sich an die strengen Verdunklungsregeln gewöhnt.

Unsere Mutter empfing uns. Sie war elegant gekleidet und sah sehr hübsch aus in dem dunkelblauen Jackenkleid. Die rosa Seidenbluse mit dem Bubikragen stand ihr ausgezeichnet. Meistens sah man sie ja nur in Arbeitskleidung und mit vorgebundener Schürze.

Die Küche war aufgeräumt. Nichts erinnerte mehr an die aufwendigen Weihnachtsvorbereitungen. Die von meiner Mutter im Herbst auf Wunsch meines Vaters, aber dennoch widerwillig, mit Maiskörnern gestopfte Gans befand sich bratfertig im Keller. Vater hatte ja Kindheit und Jugend im Elsass verbracht und dort war das grausame Stopfen von Mastgänsen lange Tradition.

Meine Großmutter hatte einen altdeutschen Topfkuchen gebacken. Christstollen wie in Sachsen kannte man in unserer Region damals nicht. Großmutter hatte mich bei der

Gelegenheit im Aufschlagen der Eier unterwiesen und mir gezeigt, wie man die Eiweißreste mit den Zeigefingern aus den Schalen wischt. Es durfte nichts verloren gehen. Beim Verquirlen bogen sich Großmutters Finger extrem nach außen. Das wollte mir noch nicht gelingen …

Ich freute mich besonders auf Tante Gertruds Spezialitäten: Heidesand, Trüffel und Quittenbrot. Mutter buk ja nur einfache Mürbeteigplätzchen. Zu mehr reichte ihre Zeit nicht, da sie doch weitgehend allein für das große Haus, den Hof, die Familie und alle Grundstücksangelegenheiten zu sorgen hatte.

Nun aber war Weihnachten, wir waren alle zusammen und gesund und folgten dem alten Brauch.

Das große Zimmer war von innen verschlossen. Vater und Schwester schmückten den Weihnachtsbaum. Meine Schwester behängte ihn immer mit hübschen kleinen Holzfiguren, die das Winterhilfswerk verkauft hatte: Märchengestalten, Schaukelpferdchen, Schneemänner. Vater befasste sich mit den Kugeln und steckte die Kerzen auf. Zum Schluss kam das Lametta. Faden für Faden wurde von meiner Schwester geglättet und einzeln über die Zweige gehängt. Silbernen Tüchern gleich schmückte es den Baum.
    Ich musste warten und lief zwischen Großmutter und Tante hin und her, begann zu häkeln oder in einem Buch zu lesen und hatte doch nicht die Ruhe, etwas zu Ende zu führen. Meistens erzählte mir dann Tante Gertrud, die viele Jahre als Kinderschwester in einem Kinderheim am Fuße der Schneekoppe im Riesengebirge tätig gewesen war, wie sie und die anderen Betreuerinnen zu jener Zeit am Heiligabend mit ihren Schützlingen vom heutigen Karpacz aus zur Kirche Wang aufgestiegen waren. Lampions erhellten den Weg.

Endlich war es soweit. Die Türglocke läutete und sollte andeuten, dass der Weihnachtsmann die Geschenke gebracht hatte und wieder gegangen war. Es war mehr ein symbolisches Läuten, denn ein achtjähriges Kind hat doch sehr den Verdacht, dass es keinen Weihnachtsmann gibt und der Vater heimlich die Tür geöffnet und geschlossen hat. Und auch mein Vater wird sich dieser Tatsache bewusst gewesen sein.

Wir versammelten uns also und betraten gespannt das große warme Zimmer, das vom Licht brennender Kerzen erhellt war.

Auf mich wartete ein wunderschöner Puppenherd mit kleinen glänzenden Kochtöpfen. Man konnte ihn sogar mit einem Spiritusbrenner heizen und darauf kochen. Es war kein neues Spielzeug, sondern eines, das von Generation zu Generation weitergegeben worden war. Auch meine Schwester hatte damit gespielt. Aber geputzt und gut erhalten war dieses kleine Küchengerät eine große Freude für mich. Außerdem hatten alle meine Puppen neue Kleider. Meine Mutter hatte sich wohl manchen Abend mit deren Herstellung beschäftigt. Und obendrein bekam ich, die kleine Leseratte, noch Bücher, die allerdings auch von meiner Schwester stammten. Sie hatte alle schon gelesen: die Geschichten vom Nesthäkchen, vom Trotzkopf und vom Kleeblatt.

Verständnisvoll hatten meine Mutter und meine Schwester gewartet, bis ich mich beruhigte. Nun waren sie an der Reihe. Zwei große Tafeln waren mit Tüchern behängt. Mein Vater forderte meine Schwester auf, doch die eine Tafel abzudecken. Es erschien ein herrliches Aquarell von der alten anhaltischen Stadt Zerbst. Dort befand sich meines Vaters Dienststelle und meine Schwester liebte diese Stadt sehr.

Unter dem zweiten Tuch befand sich ein großes Ölgemälde für meine Mutter, auf dem meine Schwester und ich dargestellt waren. Ein Zerbster Maler hatte es nach einem

Foto gemalt. Ich erinnerte mich, dass wir einmal auch bei ihm Modell gesessen hatten. Mutter war überaus gerührt und unterdrückte ein paar Freudentränen.

Ich hatte für Mutter ein Kochbuch, »Für die Hausfrau«, gebastelt, mit Rezepten aus einem Abreißkalender von »Bleyle«.

Was wir meinem Vater an jenem Weihnachtsabend geschenkt haben, weiß ich nicht mehr und ich kann mich auch nicht mehr daran erinnern, ob auch Großmutter und Tante bedacht wurden.

Wohl aber ist mir gegenwärtig, dass Vater nach der Bescherung den Filmvorführapparat aufbaute und wir uns wie schon so oft jenen idyllischen Film aus dem Jahre 1939 anschauten, in dem ich als dreijähriges Kind Hauptdarstellerin im Garten und beim Baden war. »Ja«, sagte meine Großmutter, »das war das letzte Friedensjahr. Nun haben wir schon fünf Jahre Krieg …«

Die Feiertage vergingen mit Essen und Familientreffen. Zwei Brüder meines Vaters und die Schwester lebten mit ihren Familien ganz in der Nähe.

Bei diesen Treffen wurden natürlich auch immer Familienanekdoten erzählt. So sollen mein Vater und sein jüngerer Bruder Heinrich einst nach einer durchzechten Nacht in der Selke Forellen gefangen haben. Mein Vater hat mir einmal ganz genau gezeigt, wie man diese Fische unter den großen Steinen aufstöbern und sie dann schnell mit beiden Händen ergreifen muss. Im Morgengrauen hätten die beiden Spaßvögel dann ihre Frauen mit einem kalten nassen Forellenkuss geweckt, indem sie ihnen die Fische an die Wange hielten.

Vater musste kurz nach dem Fest wieder abreisen. Im Wehrmeldeamt in Zerbst wartete Arbeit auf ihn. Vor seiner Abreise hatte er sich noch ausführlich die Frontmeldungen angehört, die im Radio verlesen wurden. Auf einer

Europakarte markierte er mit Stecknadeln die Truppenbe-
wegungen.

Einmal hörte ich, als meine Mutter und meine Großmutter vor der Europakarte mit dem aktuellen Frontverlauf
standen, meine Großmutter prophezeien: »Wenn die Russen kommen, werden sie euch vom Hof jagen.«

Vater war durch und durch Offizier. Die Erziehung im Ersten Weltkrieg hatte ihn geprägt, auch äußerlich. Er trug
zeitlebens streng gescheiteltes Haar, was ihm viel, viel später noch den Spitznamen »Oberst« einbrachte. Vater war
auch sehr sportlich und stolz darauf, in jungen Jahren die
Riesenwelle am Reck beherrscht zu haben. Sein Vater, selbst
bucklig wie seine Brüder auch, hatte auf strenge sportliche
Ertüchtigung seiner sechs Söhne Wert gelegt. Zu deren guten Aussehen hatte aber wohl vor allem die Mutter gene-
tisch beigetragen. Ein Bruder unseres Großvaters soll sie
einmal »Tatarenweib« genannt haben.

Die Offiziersehre und der Dienst in der Wehrmacht waren meinem Vater Verpflichtung. Von der Nazipartei und
der SS hielt er nichts. Er blieb parteilos.

Heute bin ich überzeugt, dass mein Vater damals,
Ende 1944, zu jenen Wehrmachtsoffizieren gehörte, die
schon lange nicht mehr vom Endsieg überzeugt waren.
Dennoch war es seine Aufgabe, immer weitere und immer
jüngere Männer aus der Bevölkerung zu rekrutieren. Später
berichtete er einmal von einem Vater, der darum gebeten
hatte, doch wenigstens den letzten seiner Söhne nicht an die
Front zu schicken, wo seine zwei älteren Brüder bereits ihr
Leben lassen mussten. Ihm, meinem Vater, war es wohl gelungen diesen Sohn, wenn ich ihn richtig verstanden habe,
als Sanitäter in einem Lazarett in Magdeburg unterzubringen. Dort ist er aber wahrscheinlich bei dem Bombenangriff im Januar 1945 ums Leben gekommen.

Hoym 1945

Die Zeit bis zum Kriegsende

Der Januar begann kalt. Ob Schnee lag, weiß ich nicht mehr, obwohl ich glaube, dass die Winter meiner Kindheit ganz anders waren als die heute. Aber das weiß ich noch genau, ich war wieder gewachsen und alle Pullover waren zu klein. Tante Gertrud verlängerte die Ärmel meiner Pullover und Strickjacken, indem sie neue Bündchen anstrickte. Die wollenen Strümpfe, die nach dem Baden immer so auf der Haut kratzten, wurden an den Fußspitzen aufgetrennt und bekamen Kappen, andersfarbig, wenn die gleiche Wolle nicht mehr vorhanden war. Und auch die oberen Ränder mussten länger gemacht werden, wenn sich die Strumpfhalter an den Leibchen nicht mehr verlängern ließen. Wie schön ist dagegen die heutige Kindermode, die Strumpfhosen in vielen Farben für jedes Alter und in jeder Größe anbietet. Davon konnten wir damals noch nicht einmal träumen. Ich fühlte mich aber in meinen angepassten Sachen in jener Zeit nicht etwa arm oder benachteiligt, alle meine Mitschülerinnen trugen erweiterte oder verlängerte Kleidungsstücke. Manche Mütter waren sehr kreativ nach dem Motto »aus Alt mach Neu«. Auch konnten wir von unseren älteren Geschwistern profitieren, denn es wurde ja in weiser Voraussicht vieles aufgehoben. Schwierig wurde es nur mit Schuhen, denn die waren meistens verschlissen. Die eigenen waren oft zu klein und man erfror sich schnell die Zehen darin. Ich kann mich noch an diese Frostbeulen erinnern, die schmerzten und sich eines Tages häuteten. Dann war das rohe Fleisch zu sehen. Wir sehnten die Zeit herbei, da wir wieder barfuß gehen konnten.

Als ich an einem solchen kalten Wintertag aus der Schule nach Hause kam, hatten wir Besuch. »Das ist Tante Hilde«, erklärte meine Mutter, »sie wird länger bei uns bleiben«, fuhr sie fort, »sie ist ausgebombt!« Ich wusste, was das bedeutete, lebten doch schon viele Menschen im Ort, die einen Bombenangriff in einer der großen deutschen Städte erlebt hatten. Tante Hilde kam aus dem Rheinland, ihr Mann war gestorben, der Sohn vermisst. Sie brauchte dringend Hilfe. Meine Mutter und sie kannten sich von Kindheit an, war doch Tante Hilde oft in den Ferien bei ihrem Onkel, dem Apotheker des Ortes, gewesen. Dessen Garten grenzte an den meiner Großeltern, sodass sozusagen eine Freundschaft über den Gartenzaun entstanden war. Tante Hilde richtete sich eine Bodenkammer ein und gehörte fortan zur Familie. Leider war sie aber nicht sehr belastbar und meiner Mutter mehr eine Bürde als eine Stütze. »Ich bin erledigt«, hörte man sie oft sagen. Den Grund kannte ich nicht. Meine Mutter benutzte diesen Ausspruch jedoch manchmal mit einem Augenzwinkern. Dabei schien ihr dieser Zustand fremd zu sein. Sie war immer fit, wie man heute sagen würde, sie klagte nie über zu viel Arbeit und war immer freundlich. Als sie 1953 starb, sagte eine Bekannte zu mir: »Was ich an deiner Mutter immer besonders geschätzt habe: Sie konnte sich so richtig freuen!«

Zur Freude gab es aber in jenen Tagen wenig Anlass.

So geht mir ein Ereignis nicht aus dem Sinn, ein Ereignis, das wir aus sicherer Entfernung vom heimatlichen Hof aus beobachteten, meine Mutter, meine Großmutter, Tante Gertrud, Tante Hilde und ich, am Abend des 7. März 1945. Oft sehe ich sie vor mir, die sogenannten Weihnachtsbäume, am Nachthimmel über den Stallungen – Leuchtspuren, gesetzt von Aufklärungsflugzeugen aus dem Land jenseits des Kanals und aus Übersee.

Wir fragten uns: »Welche Stadt wird heute angegriffen werden?« Am nächsten Tag erfuhren wir es aus dem Rundfunk: Dessau – circa 60 Kilometer östlich von Hoym gelegen – wurde schwer zerstört.

Dann kam meine Schwester aus Oranienbaum, wo sie ja an der Lehrerbildungsanstalt studierte. Sie hatte den Angriff aus nächster Nähe miterlebt und auch mit den ersten evakuierten Bombenopfern gesprochen. Noch lange dachte sie an die verängstigten Menschen. Das Ausbildungsinstitut wurde Flüchtlingslager. Später konnte sie wegen des Umsturzes kein Examen mehr ablegen.

Ostern war in jenem Jahr sehr traurig, weil Vater nicht da war. Wir hatten schon lange nichts mehr von ihm gehört, waren in Sorge. Und niemand würde die Ostereier im Garten verstecken, »im Auftrag des Osterhasen«, wie er immer schelmisch gesagt hatte.

Großmutter hatte zwar Eierfladen gebacken, ein für uns traditionelles Ostergebäck, bei dessen Zubereitung ich wieder helfen durfte. Not an Eiern und Mehl mussten wir auf dem Lande glücklicherweise nicht leiden, und so konnte sie einen feinen Mürbeteig kneten, der hauchdünn auf einem Küchentuch ausgerollt werden musste, so dünn, dass das Stoffmuster hindurchschien. Diese Teigplatte wurde dann mit einem Kuchenrädchen in längliche Stücke von circa sechs mal zehn Zentimeter zerteilt. Die rohen Fladen wurden auf ein Backblech gelegt und vor dem Backen mit Butter bestrichen. Anschließend wurden sie noch mit einer Mischung aus Zucker und Vanillezucker bestreut. Großmutter überwachte den Backvorgang. Es entstand etwas außerordentlich Köstliches.

Meine Mutter setzte diese Tradition später fort. Und auch bei meiner Schwester gehörten Eierfladen immer auf den Ostertisch.

Ich folge inzwischen der sächsischen Tradition und bevorzuge Osterbrot.

Unter amerikanischer Besatzung

In den Folgetagen brachten Flüchtlinge die Kunde, die Amerikaner – nicht die Russen – würden anrücken. In der Umgebung hätte es Kämpfe gegeben. Alle Einwohner sollten so schnell wie möglich weiße Fahnen hissen, sonst würden die Amis unser Hoym zerschießen! Mutter und Schwester bemühten sich, Bettlaken aus allen Bodenfenstern und dem Giebelstübchen zu hängen.

Bald hielt ein Jeep auf unserem Hof. Zwei US-Offiziere erklärten uns, dass sie bei uns einziehen würden. Keine Widerrede! »These rooms«, bestimmten sie. Es war Tante Gertruds Wohnung, die Fenster mit Blick zum Hof. Tante Gertrud fügte sich und zog ins Giebelzimmer, meine Schwester und ich schliefen bei Großmutter. Mutter hatte ja noch das Schlafzimmer und das große Wohnzimmer – noch!

Da erschien die Tochter eines befreundeten Landwirts mit ihren vier Kindern. Das Mädchen, etwa in meinem Alter, genannt »Puppi«, der kleine Bruder fünf und die Zwillingsbrüder sieben Jahre alt.

Tante Gertrud hatte alle mit auf die Welt geholt, auf einem Rittergut bei Eilenburg. Nun hatten sie bei den Großeltern in Hoym Zuflucht gefunden, aber nicht lange, denn deren stattliches Wohnhaus wurde Kommandantur.

Nun waren also noch fünf Personen zusätzlich unterzubringen. Da räumte Mutter ihre persönlichen Gefilde und richtete ebenso wie Tante Hilde eine Dachkammer für sich ein.

Die Besatzer saßen oft lässig und Kaugummi kauend in den Fenstern des beschlagnahmten Hauses und reagierten kaum auf Schaulustige, zu denen auch wir Kinder gehörten. Angst hatten wir nicht. Den Hof durften wir betreten. Puppis Großvater und ihrem Onkel war erlaubt worden, das Vieh zu versorgen und notwendige landwirtschaftliche Arbeiten zu erledigen. So konnten wir uns auch in der Scheune umsehen, einem beliebten Spielplatz. Zwischen Stroh- und Heuballen ließ es sich wunderbar toben und springen und man fiel immer weich. Da entdeckten wir einmal mehrere Kisten mit runden Blechschachteln. Es gibt sie heute noch: Scho-Ka-Kola! Es könnte Marschverpflegung oder Beutegut gewesen sein. Wann hatten wir zuletzt Schokolade gegessen? Wenn überhaupt?

Im Allgemeinen waren die bei uns Einquartierten freundlich zu uns. Nur ein GI, der gelegentlich unser Wohnzimmer inspizierte, interessierte sich auffällig für die Antiquitäten und Erbstücke in unserer Vitrine. Besonders zwei alte Pistolen, museal und keineswegs waffentauglich, hatten es ihm angetan. Er hatte stets einen Stahlhelm auf, trug einen roten Schal und eine starke Brille. Tante Gertrud kam hinzu, als er wieder einmal mit den Pistolen spielte. Sie erschrak, denn er schien ihr mit einer Geste, die flache Hand unter dem Kinn hindurchziehend, anzudeuten, dass seiner Meinung nach alle Deutschen geköpft werden müssten.

Vielleicht resultierte dieser Hass daraus, dass unlängst auf einem Feld bei Hoym ein Massengrab entdeckt worden war. 18 Menschen in Sträflingskleidung waren dort verscharrt worden. Ein grausamer Fund.

Es waren die sterblichen Überreste von Teilnehmern einer Kolonne, die kurz vor Kriegsende durch unseren Ort getrieben worden war. Weithin waren das Klappern der Holzschuhe und die Befehle der Aufseher zu hören gewesen. Woher diese armen Menschen kamen und wohin sie mussten, wusste keiner. Geholfen hatte ihnen niemand. Die Amerikaner befahlen nun umgehend ehemaligen Nazis, die Leichen auszubuddeln, in Anwesenheit der gesamten Hoymer Bevölkerung. Dann mussten wir uns alle auf dem Friedhof versammeln, wo die Unbekannten würdevoll bestattet wurden. Als sich meine Mutter am nächsten Tag mit einigen anderen Frauen darüber unterhielt und vom Konzentrationslager Mittelbau-Dora bei Nordhausen die Rede war, fragte eine: »Wussten Sie, dass es so etwas gegeben hat?« Alle verneinten.

Als die Amis abzogen, waren auch die Pistolen fort. »Die hat die Brillenschlange mitgenommen«, sagte Tante Gertrud.

Maikäfer flieg

Meine vorangegangenen Aufzeichnungen muss ich noch um folgende Begebenheiten ergänzen:

Hinter unserem Gehöft waren bis zu Beginn des Jahres 1945 Fliegerabwehrkanonen (FLAK) stationiert. Ich habe zwar nie Geschützdonner gehört, doch die Soldaten waren da und benutzten zu unserem Leidwesen die Abkürzung über unseren Hof, wenn sie in den Ort wollten. Meiner hübschen Schwester machten sie schöne Augen. Der Leiter der Einheit, Major Weller, hatte sogar Erfolg bei ihr. Manchmal trafen sie sich in den Abendstunden bei der alten Weide am Selkeufer. Irgendwann vor Kriegsende zog die Flak aber samt Geschützen und Mannschaft ab, Richtung Bahnhof Nachterstedt. Sie wurde wohl zur Verteidigung der großen Städte mehr gebraucht als bei uns auf dem Lande. Irmgard begleitete die Einheit mit dem Fahrrad, um Abschied von Major Weller zu nehmen. Ich fuhr mit dem Tretroller hinterher, freiwillig oder von der Mutter geschickt, das kann ich heute nicht mehr sagen.

Die Flak ließ allerhand Geschosshülsen zurück. Die langen Rohrteile lagen auf unserem Grundstück herum, wir fanden sie hinter einem Bretterstapel und auch auf der Wiese.

Nun gab es in jenem Mai ungewöhnlich viele Maikäfer. Das warme Wetter hatte sie aus ihren Verstecken gelockt. In Scharen schwärmten sie aus, besetzten Bäume und Sträucher und fraßen sie kahl.

Uns Kinder befiel eine Sammelwut. Wir glaubten, die Käfer wären eine willkommene Nahrung für die Hühner. In dieser Zeit des Mangels wollten wir Gutes tun und Vorrat für das Geflügel schaffen. So füllten wir eine Geschosshülse nach der anderen mit den Tieren und verschlossen sie. Doch die Hühner verschmähten später die zwar wohlgemeinten, aber langsam verwesenden Vorräte. Da endeten unsere Maikäfermassen schließlich auf dem Mist.

Und wenn sie weggeflogen wären? Doch wohin hätten sie fliegen sollen? Pommerland war längst abgebrannt. Welch schaurige Realität jenes Liedtextes.

Ankunft der Russen

Im Juli kamen dann doch die Russen. Großmutter hatte sich schon lange vor ihnen gefürchtet. Ein Bruder meines Vaters, der während des Krieges in die Ukraine abkommandiert worden war mit der Aufgabe, die ihm dort zugewiesenen riesigen Ländereien mithilfe der eingesessenen Bevölkerung so gut wie möglich landwirtschaftlich zu nutzen, hatte ihr erzählt, dass es dort nur Kollektivwirtschaften gab, sogenannte Kolchosen oder Sowchosen. Ältere Ukrainer hätten sich noch erinnert, wie Stalin die Großbauern, die dort Kulaken hießen, vertrieben hätte. Arme Bauern und sogar die eigenen Söhne forderten damals das Land ihrer Herren und Väter. Die Opfer, denen von staatlicher Seite mitunter sogar Sabotage unterstellt wurde, sollen in den Ural und nach Sibirien gebracht worden sein.

Nun waren also die Russen in Hoym. Dass wir gegen Teile von Berlin, die von den westlichen Alliierten im Rahmen des Viermächtestatus gefordert wurden, eingetauscht worden waren, erfuhren wir erst später. Der russische Vortrupp zeigte sich freundlicher als erwartet. Den Russen wurden ja Plünderungen und Vergewaltigungen nachgesagt. Aus Berlin und anderen von der Roten Armee besetzten Gebieten kamen Schreckensmeldungen. Wahrscheinlich hatten sich die Soldaten aber auf dem langen Marsch nach Westen bereits abreagiert. Vielleicht waren die Kriegsteilnehmer auch gegen weniger deutschfeindliche Einheiten ausgetauscht worden. Möglicherweise gab es auch einen vernünftigen und humanen Kommandeur, der Übergriffe auf die einheimische Bevölkerung streng ahndete.

Die neuen Besatzer kamen mit Panjewagen und trieben eine Herde von fremdländischen hellen Rindern auf unser Grundstück. Die Scheune und die große Wiese, die bis an die Selke reichte, waren ja wie geschaffen für ihr Lager, für die Soldaten und das Vieh. Die Tiere hatten große gebogene Hörner. Eine ähnliche Rasse habe ich in den 60er-Jahren in Ungarn gesehen.

Die Soldaten bezogen in der Scheune Quartier, zwei Offiziere übernahmen die Zimmer, die vor ihnen die Amerikaner bewohnt hatten.

Meine Schwester, im gefährlichen Alter von 21 Jahren, floh aber doch lieber über die Gartenmauer zu den Nachbarn.

Die Soldaten richteten sich auf unserem Hof so gut es ging ein. Einmal schlachteten sie einen Ochsen. Mutter, Tante Gertrud und Tante Hilde waren neugierig und besuchten die Truppe unter dem Hamdach, wie der Vorbau vor der Scheune genannt wurde. Wie sah die Feuerstelle aus? Hatten sie Gerätschaften? Ganz einfach: Das Tier wurde am Spieß gebraten. Doch die Zuschauerinnen waren nicht erwünscht. »Deutsche Frauen nix da! Dawai!«, wurde ihnen bedeutet. Vielleicht schämten sich die Russen? Sie speisten wohl wie die alten Rittersleut, fassten das Fleisch mit den Händen und warfen die abgenagten Knochen hinter sich.

Abends wurde gesungen. Es waren uns unbekannte warme und sehnsuchtsvolle Melodien, die wir hörten. Jeder Russe schien eine schöne Stimme zu haben. Der Gesang wurde von einem Akkordeon begleitet und die weiträumigen Klänge legten sich in der sommerlichen Abenddämmerung über Hof und Wiesen, wurden von der Selke aufgenommen und weitergetragen. Zu später Stunde wurde es dann aber lauter, sowohl auf dem Hof als auch im Haus. Vermutlich war Alkohol mit im Spiel. Wir zogen uns zurück und schlossen uns ein.

An einem Morgen im August sagte meine Großmutter zu meiner Mutter, die ihr beim Ankleiden helfen wollte: »Röschen, ich möchte liegen bleiben. Ich glaube, es geht mit mir zu Ende.«

Mutter lief zur Kommandantur, um Ruhe im Haus zu erbitten. Sie fand Gehör. Der diensthabende Offizier war zugänglich, als er hörte, worum es ging. Eine alte Frau im Sterben, eine Großmutter, eine Babuschka angesichts des Todes, das rührte offenbar die russische Seele, auch wenn sie im Körper eines Rotarmisten wohnte. Man hätte sowieso vor, die besetzten Häuser zu räumen. Und auch die Kommandantur zöge um. So konnte auch die Witwe mit ihren vier Kindern wieder ins väterliche Haus zurückkehren.

Nun war es still geworden bei uns. Mutter schickte mich am Nachmittag zu einer Schulfreundin, wohl weil sie sich ganz ihrer Mutter widmen wollte. Tante Gertrud und Tante Hilde verharrten abwartend im Wohnzimmer, das nun wieder uns gehörte. Sicher war auch meine Schwester da.

Als ich zurückkam, weinte Mutter. Sie nahm mich in den Arm und schluchzte. »Großmutter ist eingeschlafen«, brachte sie unter Tränen hervor.

Großmutter wurde in der Familiengrabstätte auf dem Hoymer Friedhof beigesetzt. Die Trauerandacht in der Kapelle hielt unser Familienpfarrer, Onkel Karl, aus dem nahen Badeborn. Er hatte die Schwester meines Vaters im gleichen Jahr geheiratet, in dem auch meine Eltern sich das Jawort gegeben hatten.

Ich kannte fast alle Trauergäste. Großmutter hatte Hoym nie verlassen und war sehr beliebt gewesen. Nur einer fehlte: Mein Vater! Dabei hatte Großmutter immer behauptet, sie habe den besten Schwiegersohn der Welt und er erwiderte – wie hätte es auch anders sein können – er habe die beste Schwiegermutter der Welt. Nun hatte sie uns für immer verlassen.

Wenige Tage später erreichte uns eine schlimme Nachricht: Mein Onkel Ludwig aus Ballenstedt, der an Vaters statt mit meiner Mutter den Trauerzug zu Großmutters Beisetzung angeführt hatte, war von den Russen verhaftet worden.

Die Enteignung

Nach dem Tod meiner Großmutter wurde meine Mutter Alleinerbin vom Hofgrundstück und dem dazu gehörenden Garten- und Ackerland. Insgesamt waren das etwa 32 Hektar an Grundbesitz. Die Pacht nahm ihr einige finanzielle Sorgen ab, fehlte ihr doch der Versorger. Ob meine Eltern Rücklagen hatten, weiß ich nicht, mir ist heute ohnehin unklar, wie Mutter uns damals durchbrachte. Als Kind interessierte mich das auch nicht sonderlich. Es war immer alles da. Der Garten lieferte Obst und Gemüse, die Hühner Eier. Ich kann mich nicht erinnern, irgendwelche materiellen Wünsche gehabt zu haben. Ich hatte Spielgefährtinnen und genoss die ländliche Freiheit. Mehr brauchte ich nicht.

Beim Herumstromern fiel mir allerdings auf, dass immer häufiger fremde Leute unseren Hof abschritten, auch auf der Wiese begegnete ich ihnen. Mutter schien es zu ignorieren, war aber doch eines Tages sehr betrübt. Hing es mit dem Brief zusammen, den ihr am Morgen der Rathausbote überbracht hatte? Sie hatte ihn kurz gelesen, erschrak und ließ ihn schnell in der Schürzentasche verschwinden. Ich habe diesen Brief noch, ein formloses Schreiben der Gemeindebodenkommission vom 16. Oktober 1945, in dem ihr die entschädigungslose Enteignung ihres Grundbesitzes mit folgender Begründung mitgeteilt wurde: Mein Vater sei kein Landwirt, er ließe Grund und Boden durch Fremde bewirtschaften (gemeint war die Verpachtung), somit handele es sich um kapitalistische Ausbeutung. Als führendes Militär (Vater war Oberstleutnant der Wehrmacht gewesen) fiele er unter den Artikel II, § 2, die Bodenreform betreffend. Hierbei bezog man sich auf einen Entscheid der Kreisbodenkommission in Ballenstedt, die wiederum einer Verordnung für das Land Sachsen folgte, die von der sowjetischen Militäradministration (SMAD) erlassen worden war.

Zwar war nur meine Mutter im Grundbuch eingetragen, aber die Eltern hatten keine Gütertrennung vereinbart.

Nachdem Mutter sich gefasst und uns, das heißt Tante Gertrud, Tante Hilde, meiner Schwester und mir, den Inhalt des Briefes mitgeteilt hatte, befiel uns alle eine merkwürdige Stimmung, die Luft schien drückend, wie vor einem Gewitter. Was würde uns bevorstehen, wie würde man mit uns umgehen? Angst vor jeder neuen Benachrichtigung bestimmte unsere Tage. Mutter flüchtete sich in Beschäftigung, begann abends in der Dunkelheit in aller Eile Bücher zu hilfsbereiten und vertrauten Menschen zu bringen. Darunter befanden sich zum Beispiel Büchmanns »Geflügelte Worte«, ein roter Prachtband von 1905, in dem mein Vater so oft nachgeschlagen hatte, ein Wilhelm-Busch-Album mit Randbemerkungen von meinem Vater, die gesammelten Werke von Goethe (eine Ausgabe der Cotta'schen Verlagsbuchhandlung in 40 Bänden von 1853), eine noch ältere Ausgabe von Schiller in 18 Bänden von 1823 (ebenfalls herausgegeben bei Cotta), natürlich auch Gedichte von Eichendorff und Mörike, von Kügelgen »Die Lebenserinnerungen eines jungen Mannes« von 1911 / 12 mit Signum meines Großvaters, ebenfalls von ihm signiert: »Der Harz in Geschichts-, Kultur- und Landschaftsbildern« (F. Günther, Hannover 1888) sowie der »Sachsenspiegel« (von 1720), und von Herrman Löns »Der Rosengarten« und »Das blaue Buch«. Das Letzte steht übrigens in meinem Bücherregal. Es durfte nach dem Tod unseres Vaters 1982 nicht als Erbgut zu meiner Schwester nach Westdeutschland ausgeführt werden. So gelangte es in meinen Besitz und nach Dresden.

Mutter glaubte damals, die Bücher sicher deponiert zu haben. Da klopfte eines späten Abends jemand an unseren Fensterladen. Eine Nachbarin begehrte Einlass. Sie packte ein mehrfach eingewickeltes Buch aus und flüsterte meiner Mutter zu, dass sie dieses Buch auf keinen Fall behalten könne. Sie käme in Teufels Küche, wenn man es bei ihr fände. Es sei doch vom Führer!

Bei dem Buch handelte es sich um »Der Führer durch die Oper«!

Manchmal kam Anna, eine treue Schulfreundin meiner Mutter. Sie hatte seinerzeit auch auf dem Hoymer Hühnerhof ausgeholfen und wohnte mit ihren Eltern und ihrem erwachsenen Sohn in einem äußerst ärmlichen Haus. Als ich sie einmal besuchte, fand ich ein sehr kleines Wohnzimmer vor, das von zwei winzigen Fenstern nur spärlich erhellt wurde. Der Raum war sparsam möbliert, es lag da auch kein Teppich und die alten Eltern saßen stumm und schwarz gekleidet am Tisch.

Ich glaube, Annas Sohn, ein Schachtarbeiter, war Mitglied der neuen Gemeindevertretung. Doch die Hoffnung, er könne uns vielleicht in irgendeiner Weise helfen, war natürlich Illusion. Doch Anna schien durch ihn immer gut informiert zu sein.

So vergingen November und Dezember des Jahres 1945 in Ungewissheit. Zwar erhoben Mutter und Schwester auf den verschiedenen Behörden Einspruch, aber sie erhielten nur vage Auskünfte. Die Zeit des Wartens war schwer. Lediglich meine Schwester fuhr jeden Tag nach Frose, wo sie bei Demontagearbeiten eingesetzt worden war, denn die Russen forderten Reparationen von den Deutschen.

In unserem Wohnzimmer machte sich Leere breit. Die dunkelgrüne Tapete mit dem Damastmuster wirkte düster. Es war kalt im Zimmer, der große eiserne Ofen mit den Jugendstilverzierungen wurde nicht geheizt. Mutter wusste ja nicht, wann es wieder Kohlen geben würde und sparte.

Tante Hilde war inzwischen ins Rheinland zurückgefahren.

Weihnachten und Silvester saßen wir bei Tante Gertrud. Deren Wohnzimmer war immer wohlig warm. Einer lieben

Freundin, deren Mann vor Jahren beim Braunkohlentagebau in Nachterstedt verunglückt war, war lebenslanges Deputat zugesichert worden. Davon gab sie Tante Gertrud etwas ab.

Wir saßen also um Tante Gertruds ovalen Tisch. Meine Mutter ängstigte sich. Und auf einmal sagte sie: »Was soll aus Gisela werden? Sie ist doch noch nicht einmal zehn Jahre alt, ist noch ein Kind!« Ich erschrak und spürte, wie sehr sie um mich bangte! Doch Tante Gertrud beruhigte sie: »Die macht ihren Weg, die ist doch aufgeweckt und weiß sich zu helfen. Sei unbesorgt.«

Da ahnte die Tante noch nicht, in welche außergewöhnliche Situation ich bald geraten und wie ich mich zu bewähren haben würde.

Hoym 1946

Die Ausweisung

Im Januar erfüllte sich die dunkle Vorahnung: Wir hatten zwar viel von Deportation gehört, aber immer gehofft, dass es uns nicht treffen würde. Eines Morgens kam Anna und raunte meiner Mutter zu: »Röschen, ich habe gehört ...« – Mutter brach der Schweiß aus, wie immer, wenn Anna kam – »... ihr sollt von hier weggebracht werden, wohin weiß ich nicht. Ein Lastauto wird euch abholen. Schnell, packe!« Wenig später erschien ein Bote vom Rathaus mit der offiziellen Aufforderung, Mutter, meine Schwester und ich hätten innerhalb von zwei Stunden an einem Stellplatz zu erscheinen, um von dort aus den Kreis zu verlassen. »Ausweisung« hieß das. Meine Mutter war wie gelähmt. Sie las das Schreiben wieder und wieder, ehe sie schließlich die Bodentreppe hinaufstieg und das Giebelstübchen betrat, in dem meine Schwester und ich noch schliefen. Mutter weckte uns wortlos, dann hielt sie uns das amtliche Schreiben entgegen, bestürzt, wie neben sich stehend. Als ich kurz aus dem Fenster schaute, sah ich, dass das Haus von Polizei umstellt war. Während wir, meine Schwester und ich, uns schnell anzogen, Tante Gertrud uns still ein paar Stullen schmierte und heißen Pfefferminztee in die Thermoskanne füllte, holte Mutter die Koffer vom Boden, öffnete Kleiderschrank und Kommoden und versuchte, das Notwendigste einzupacken. Mutters Geschäftigkeit wurde immer wieder von Bauchschmerzen behindert. Sie krümmte sich, hielt einen Arm vor den Unterleib und kämpfte mit Brechreiz.

Schließlich machten wir uns wie befohlen auf den Weg zum Ortsausgang, von einer Polizeieskorte begleitet.

Das Lastauto wartete bereits.

Es saßen schon drei Frauen und ein alter Mann auf der Ladefläche: Der Domänenpächter mit Frau und Tochter sowie eine Gutsbesitzerin aus dem Nachbarort. Sie waren in

Decken gehüllt, denn der Lastwagen war offen. Die Kälte und der Schock hatten die Menschen erstarren lassen. Ihre Augen waren ausdruckslos. Ich erblickte einige Koffer, wohl mit Habseligkeiten und Kleidung – nicht alles zweckmäßig, wie sich später herausstellen würde, doch Aufregung und Eile hatten konzentriertes Denken nicht zugelassen. Und da man nicht wusste, wo es hingehen würde, war sowieso alles Glückssache. Zwei Männer hoben mich, dann meine Schwester und zuletzt meine Mutter auf den Wagen.

Tante Gertrud hatte uns an den Stellplatz begleitet. Die Frau eines unserer Pächter kam hinzu und fragte:

»Was geht hier vor. Was macht ihr mit diesen anständigen Leuten? Was geschieht mit dem unschuldigen Kind?« Damit war ich gemeint.

»Das ist eine Vorschrift der Provinzialverwaltung Sachsen«, erklärte einer der Transportbegleiter, »Enteignete haben hier ihren Heimatkreis zu verlassen!«

Die Frau streckte uns die Hände entgegen. Fassungslos blieben Vorübergehende stehen.

Plötzlich rief jemand: »Lasst doch das Kind wenigstens hier!« Es trat Ruhe ein. Alle waren gespannt, was nun geschehen würde.

Da hatten die Männer ein Erbarmen. Ein kurzer Blick zu meiner Mutter, ein fragender von ihr zu Tante Gertrud, und diese, damals schon 70-jährig, schloss mich in ihre Arme. »Mein Koffer, meine Sachen«, flehte ich. Das Gepäck wurde noch abgeladen.

Für Abschiedstränen blieb keine Zeit, weder für mich noch für Mutter und Schwester. Der Fahrer des Holzgaslasters ließ den Motor aufheulen und das Fahrzeug setzte sich mit einem uns unbekannten Ziel in Bewegung.

Nachdem das Lastauto mit Mutter und Schwester in der Ferne verschwunden war und sich die Leute verteilt hatten, gingen Tante Gertrud und ich nach Hause. Nach Hause?

Was war das? Ohne Mutter und Schwester? Fast alle Zimmer in unserem Haus waren versiegelt worden. Man wies uns das kleine Giebelstübchen und eine Bodenkammer zu. Zum Glück durften wir Küche, Speisekammer und Keller behalten. Vorräte hatte Mutter genug angelegt. Auch das Bad blieb uns. Wir versuchten etwas zu essen, doch wir verspürten keinen Appetit. Nachmittags ging ich zu einer Freundin. Dort wurde ich herzlich umarmt und etwas von dem Erlebten abgelenkt.

»Nur gut, dass Schwester Gertrud« – so wurde meine Tante wegen ihrer Schwesterntracht, die sie ihr Leben lang trug, genannt – »bleiben durfte und dich betreuen kann«, sagte die Mutter meiner Freundin zu mir. »Sonst hätten wir dich aufgenommen!«

Es dämmerte bereits, als ich den Heimweg antrat. An der Brücke über den Mühlgraben lungerten Jungen herum, vor denen ich schon immer große Angst gehabt hatte. Aber ich zeigte sie nicht und versuchte, gefasst und gleichmäßigen Schrittes vorbeizugehen. »Nazischwein«, riefen sie mir nach.

Ausgewiesen

Während wir, also Tante Gertrud und ich, in Hoym versuchten, unser Leben an die neue Situation anzupassen, fragten wir uns natürlich dauernd, wie es Mutter und Schwester wohl ergehen mochte, wo man sie hingebracht hatte, ob man sie gut behandelte, ob sie zu essen bekämen und hofften inständig, dass sie nicht frieren mussten.

Meine Schwester berichtete mir später Folgendes:
Der Lastwagen sei nach einer Sammeltour über verschiedene Dörfer, wo immer wieder Ausgewiesene aufgenommen worden seien, nach Genthin gefahren und von dort aus weiter nach Klietz in der Altmark. Dort hätte er auf dem Gelände eines ehemaligen Kriegsgefangenenlagers neben einer alten Munitionsfabrik gehalten. Alle hätten sie vor Angst und Kälte gezittert. Mühsam seien sie dann von der Ladefläche heruntergeholt und in einen warmen Aufenthaltsraum gebracht worden. Der Lagerleiter sei gekommen und hätte sie relativ freundlich begrüßt. Er sei zwar im KZ gewesen, aber er sähe in ihnen, den Ankömmlingen, mehr Opfer als Schuldige der Nazizeit und des Krieges. Und er wolle kein Racheengel sein.

»Weißt du«, sagte Irmgard, »das war so einer von den Edelkommunisten, von denen uns immer erzählt wird. Ich habe gar nicht geglaubt, dass es die wirklich gibt. Er ließ sogar durchblicken, dass wir uns gegebenenfalls eine Bleibe bei Verwandten oder Freunden in der Nähe suchen könnten. Nur machte er uns klar, dass wir wegen des Ausweisungsbefehles nicht zurück in unsere Heimatkreise durften. Er hat dann auch noch gesagt, dass wir alle am nächsten Morgen in seinem Büro zur Registrierung erscheinen sollten. Danach haben wir alle ein Bett in einem Schlafsaal zugewiesen bekommen. Verpflegung hatten wir ja noch von zu Hause.«

Am nächsten Morgen, so erzählte Irmgard weiter, wären alle pünktlich um sieben Uhr zur Registrierung erschienen. So günstig wie der Lagerleiter die Umstände am Ankunftstag dargestellt hatte, schienen diese allerdings doch nicht zu sein, denn alle erhielten eine schriftliche Aufforderung vom Arbeitsamt Genthin, die sie zur Ausführung dringender Arbeiten dienstverpflichtete. Am meisten befremdeten Sätze wie: »Vor Arbeitsaufnahme wollen Sie sich bitte sofort melden!«, und: »Falls Sie dieser Verfügung nicht nachkommen, erfolgt zwangsweise Vorführung!« Es ist mir heute unvorstellbar, wie Mutter und Schwester dieser Satz getroffen haben muss.

Nun standen für beide Demontagearbeiten in der Munitionsfabrik an.

Nach endlos scheinenden Stunden wurde der ersehnte Feierabend ausgerufen. Der Tag wäre außerordentlich anstrengend gewesen. Am nächsten Sonntag hatten Mutter und Schwester sich ausruhen und ein wenig den Ort ansehen wollen. Es war kalt gewesen und die Finger hatten im Frost gekribbelt, trotz der gefütterten Handschuhe von Hochbergs. Hochbergs? Plötzlich hatten sie sich erinnert, dass diese bekannte Familie, die Hochbergs, in der Nähe, nämlich in Burg bei Magdeburg, eine Handschuhfabrik besaß. Ob man dort vielleicht …?

Es konnte ein Besuchstermin vereinbart werden, umgehend.

Die Begegnung wäre jedoch kühl gewesen, erinnerte sich Irmgard: »Schließlich waren wir ja nicht mehr Gattin und Tochter eines einflussreichen Offiziers«, sagte sie. »Wir kamen als Bittsteller, erhofften Arbeit und Unterkunft.« Hochberg sei zunächst skeptisch gewesen. Doch seine Hilfsbereitschaft siegte über seine Befürchtungen, und es kam zu einem Arbeitsvertrag. »Mutter durfte im Versand arbeiten, ich fand einen Platz in der Zierstepperei. Wir waren unglaublich dankbar und erleichtert.« Irmgard atmete tief durch, ehe sie weitererzählte: »Stolz und frei fuhren wir zurück nach Klietz, nur um dort die Koffer zu packen und uns abzumelden. Aber ob man uns auch gehen lassen würde?«

Gleich am nächsten Morgen trugen sie dem Lagerführer ihr Anliegen vor. Dieser wollte sein Möglichstes tun. Als sie am Abend vom Arbeitseinsatz zurückkehrten, übergab er ihnen eine Bescheinigung mit folgendem Vermerk:

Nach Rücksprache mit dem Amt für Arbeit in Genthin werden Sie mit dem heutigen Tage entpflichtet. Gegen Ihre Abreise bestehen diesseits keine Bedenken.

gez. Meinicke, Lagerführer.

Klietz, 11.01.1946

Da waren sie unsagbar erleichtert. Irmgard schloss ihre Erzählung mit folgenden Sätzen: »Am nächsten Tag sind wir wieder nach Burg gefahren und haben uns beim Personalchef der Handschuhfabrik gemeldet, und der hat uns nun wirklich Arbeit und Unterkunft vermittelt.« Irmgard umarmte mich: »Von da an hatten wir ja Gott sei Dank wieder Kontakt.«

Tante Gertrud

Nun war mir Tante Gertrud plötzlich Elternersatz. Ohne zu überlegen hatte sie mich angenommen, und trug würdevoll und selbstverständlich die Verantwortung für mich, ihre neunjährige Großnichte.

Damals, im Januar 1946, ging sie auch zum Schuldirektor, wahrscheinlich wollte sie Rücksicht für mich elternloses Kind erbitten. Er sagte ihr das vermutlich zu. Es war ein älterer weißhaariger Mann aus Schlesien, Tante Gertrud fand ihn sofort sympathisch, verband sie mit ihm doch Erinnerungen an ihre Zeit im Riesengebirge.

Heute überlege ich manchmal, warum sie von der Ausweisung verschont wurde, gehörte sie doch unbedingt zu unserer Familie, hatte mit uns Freud und Leid geteilt, uns manchmal liebevoll getröstet. Manche Schulkameraden hielten sie für meine Großmutter.

Vielleicht hatte folgender Hergang am Tag vor der Ausweisung, laut Anna war eine solche Sitzung abgehalten worden, wirklich stattgefunden, als der Bürgermeister die Gemeindevertreter über die Ausweisungsaktion informierte: Als er auf Tante Gertrud zu sprechen kam, soll sich der Sohn ihrer Freundin, ein Schachtarbeiter wie Annas Sohn, gemeldet und darauf hingewiesen haben, dass Tante Gertrud kein Land besäße, dass sie stets ihren Lebensunterhalt selbst verdient habe und schon immer eine echte Arbeiterin gewesen sei, schon zu Kaiserzeiten. »Übrigens«, soll er fortgesetzt haben, »könnt ihr euch noch an das Unglück im Braunkohlentagebau in Nachterstedt erinnern, bei dem mein Vater umkam? Ich weiß nicht, was aus meiner Mutter geworden wäre, wenn Schwester Gertrud ihr nicht beigestanden hätte.« Tante Gertrud wurde daraufhin nicht ausgewiesen.

Ich stelle mir vor, dass die Tante währenddessen – wie so oft seit ihrer Pensionierung – in ihrem geschwungenen grünen Plüschsessel saß, eine Handarbeit auf dem Schoß hatte und durchs Fenster auf den Hof blickte. Vielleicht dachte sie daran, dass in letzter Zeit oft Leute das Grundstück besichtigt hatten, denen sie nicht traute und dass sie sich an die Befürchtung der Schwägerin erinnerte: »Die werden euch alle vom Hof jagen.«

Dann wird sie die dunklen Gedanken verdrängt und sich wieder ihrer Handarbeit zugewandt haben. Vielleicht hat sie auch auf mich gewartet, weil sie versprochen hatte, mit mir zu häkeln.

Als meine Mutter 1953 starb, fragte Tante Gertrud. »Warum hat der Herrgott eure Mutter zu sich genommen und nicht mich? Sie war doch erst 54 Jahre alt, und ich werde schon 78. Und ihr hättet sie doch noch so sehr gebraucht!« Ihre Frage blieb unbeantwortet.

Mein Vater kümmerte sich aber nach Mutters Tod rührend um sie, um »Gertrud«, wie er sie nannte, während meine Schwester bereits durch Heirat in den Westen übergesiedelt war und ich in Dresden studierte.

Tante Gertrud bekam auch ein Zimmer im Haus meiner Stiefmutter, nachdem mein Vater wieder geheiratet hatte und umgezogen war. Doch einen alten Baum soll man nicht verpflanzen, sagt ein Sprichwort. Tante Gertrud Ehlers starb 1956 80-jährig nach einem Oberschenkelhalsbruch in einem Pflegeheim bei Aschersleben. Kurz vorher habe ich sie noch einmal besucht, aber sie hat mich nicht mehr erkannt.

Nun, da ich meine Erinnerungen ordne und aufschreibe, wird mir erst so recht bewusst, was diese außergewöhnliche Verwandte für mich getan, was sie mir bedeutet hat. Und ich fürchte, ihr zu Lebzeiten nicht genügend Dankbarkeit entgegengebracht zu haben.

Sie wäre heute 140 Jahre alt.

Noch erwähnen muss ich, dass Tante Gertrud für uns auch eine Hüterin der Familiengeschichte war. Meine Schwester erinnerte sich, von ihr irgendwann gehört zu haben: »Da sind mal welche ausgereist.« So konnte Irmgard ohne Argwohn reagieren, als sich vor einigen Jahren Angehörige einer sogenannten Texaslinie mit dem Namen unserer Vorfahren bei ihr meldeten, um Ahnenforschung zu betreiben.

Briefe in die Verbannung

Im Februar hatte Tante Gertrud mein Zeugnis für das erste Halbjahr der vierten Klasse unterschrieben, dort, wo die »Unterschrift des Vaters oder seines Stellvertreters« verlangt wurde. Welch ein Segen, dass Tante Gertrud da war. Sonst wäre ich vielleicht in ein Kinderheim gekommen. Wer weiß, wie es mir dort ergangen wäre?! Als ich diese Befürchtung einmal einer Bekannten gegenüber äußerte, die es als Kriegskind 1945 nach Dresden verschlagen hatte, entgegnete sie mir: »Dort gab es aber was zu essen!« Das Problem kannten wir ja auf dem Land zum Glück nicht.

Mehrfach schrieb ich Briefe an Mutter und Schwester in die Verbannung. Ob ich dies ganz aus freien Stücken oder vielleicht doch ein wenig auf Anregung von Tante Gertrud tat, sei dahingestellt. Meine Lieben in der Fremde freuten sich jedenfalls immer sehr über meine Zeilen und meine Schwester hat alle Post von mir aufgehoben. Mir liegen heute Kopien jener kindlichen Schreiben vor, und ich kann darin lesen, was mir neunjährigem Mädchen damals mitteilungswert und wichtig erschien und auch, wie sich Verwandte und Freunde um uns kümmerten. Sie ließen uns nicht allein.

So schrieb ich beispielsweise an meine Mutter:

Liebe Mutti!
Ich hoffe, daß es Dir und Irmgard gut geht. Gestern habe ich einen Schneemann gebaut. Danach gingen Tante Gertrud und ich zu Frau Schäcke zu einem Tässchen Kaffee. Wir Kinder tummelten uns danach im Schnee. Ich habe jetzt meinen dicken Pullover an. Am Halse ist er ein wenig weit, aber das macht nichts. Heute Abend will Tante Gertrud ihn enger

machen, weißt Du wie? Ich werde es gleich beschreiben. Sie näht einen Knippzer an.

In einem anderen Brief an meine Schwester schrieb ich:

Liebe Irmgard!
Ich bin eben aus der Schule gekommen. Wir haben immer 4 Stunden nachmittags. Wir haben wieder Zeichnen gehabt. Ich habe es sehr gerne. Wir haben ein Kasperle-Theater gemalt. Zu Morgen müssen wir das 1x1 mit der 14 lernen ...
  Übrigens haben wir Nachricht von V. aus F.! ...

»V.« bedeutete »Vati« und »F.« steht für »Frankreich«. Dem Geheimdienst in der Sowjetischen Besatzungszone wird es nicht schwergefallen sein, diese Nachricht zu entschlüsseln. Wer uns das Lebenszeichen vom Vater überbrachte, kann ich heute nicht mehr sagen, aber wir waren überaus glücklich darüber. Wie es meinem Vater zu der Zeit ergangen ist, erzähle ich an anderer Stelle ausführlich.

Ende Februar 1946 war in einem Brief von mir zu lesen:

Liebe Mutti, liebe Irmgard,
... von Conerts kriege ich jeden Tag eine Tasse Milch. Schade, dass Ihr nicht eine solche haben könnt.
  ... Am Mittwoch war Tante Rickchen hier.
  ... Heute Nachmittag waren wir bei Onkel Heinrich. Ich habe mit Waltraud, Rosemarie und Bärbel Quartett gespielt. Es hat Spaß gemacht. Heute Abend haben wir von Conerts ein bischen Quark bekommen.
  ... Anna besucht uns auch öfters mal.
  Schreibt bald wieder.

Eure liebe kleine Gisela

Mit Onkel Heinrich in Burg

Anfang 1946 funktionierten Post und Bahn endlich wieder.

Einmal fuhr Onkel Heinrich, der zwar mit seiner Familie auch Haus und Hof verlassen musste, aber bei seinem Schwiegervater, einem tüchtigen Landwirt, im Ort untergekommen war, mit mir per Eisenbahn nach Burg. Die Wiedersehensfreude mit Mutter und Schwester war groß. Auch konnte ich dann am Abend Tante Gertrud erzählen, wie Irmgard und Mutter jetzt lebten. Sie wohnten in einem kleinen Dachzimmer in einem Hinterhaus zur Untermiete. Die sparsame Möblierung bestand aus zwei Betten, einem Tisch mit zwei Stühlen und einem Schrank. Dann entdeckte ich noch eine Waschkommode mit Becken und Wasserkanne. Das Wasser musste im Hausflur geholt werden. Und die Toilette lag eine halbe Treppe tiefer. Das war schon ein Gegensatz zu unserem schönen Badezimmer in Hoym. In einer Nische neben der Zimmertür sah ich noch einen zweiflammigen Gasherd. Mutti und Irmgard schienen sich mit diesem Dasein abgefunden zu haben. Immerhin konnten sie sich in ihrem Exil frei bewegen und waren vor allem gesund. Natürlich hatte Onkel Heinrich einen Koffer voll Lebensmittel mitgebracht: Butter, Mehl, Eier und vor allem ein Glas mit der leckeren hausschlachtenen Leberwurst, die nirgends so gut schmeckte wie in unserer Gegend, die mit Majoran aus Aschersleben gewürzt war und ein Stück Heimat darstellte.

Onkel Heinrich ist mir übrigens auch deshalb in guter Erinnerung, weil ein kleiner Freund und ich einmal mit ihm »Hase und Igel« spielten. Seitdem begrüßte er mich immer mit: »Ich bin schon da.«

Wenige Monate nach unserer Burg-Reise wurde er denunziert und von den Russen nach Sachsenhausen gebracht. Von dort ist er nicht wiedergekommen. Heimkehrer wollen ihn zum Schluss immer neben einem Wasserhahn gesehen haben, wohl weil er versuchte, seinen Hunger mit Wasser zu stillen. 1994 wurde vom Suchdienst des Deutschen Roten Kreuzes in Erfahrung gebracht, dass er am 9.8.1949 in jenem Lager verstorben ist. Da war er 47 Jahre alt.

Nach seiner Verhaftung wurde auch seine Frau, meine Tante Ilse, kreisverwiesen.

Ostern 1946

Und wieder war Ostern. Diesmal war das Fest für mich noch trauriger als im Vorjahr. Weder Vater noch Mutter noch Schwester umgaben mich. Tante Gertrud hatte natürlich Eier gefärbt, mit Zwiebelschalen, und sie mit Speckschwarten abgerieben, damit sie schön glänzten. Aber ich hatte keine Freude daran. Nun war es Brauch, nach den Feiertagen auf dem welligen Gelände am Busch, einem kleinen Wäldchen hinter dem Ort, Ostereier zu trudeln, das heißt sie von einem kleinen Hügel hinunterkullern zu lassen. Eine Schulkameradin hatte mich überredet, mitzukommen. Sie war in Begleitung ihres jüngeren Bruders, der die Eier begeistert einsammelte und zurückbrachte. Als wir so auf der Wiese saßen, kam ein junger Mann aus dem Ort vorbei und winkte mich zu sich heran. Da ich in jener Zeit immer hoffte, etwas über unsere Situation zu erfahren, vielleicht sogar, dass Mutter und Irmgard bald wiederkommen würden, hatte ich gar keine Bedenken, ihm zu folgen. Mechthild, sie hieß in Wirklichkeit anders, schien ihn zu kennen. Er teilte mir aber nichts mit, sondern lockte mich zu der kleinen Quelle hinter dem Buschhaus, einem beliebten Ausflugslokal. An der Quelle forderte er mich auf mich hinzulegen, was ich ohne Argwohn tat. Was dann geschah, war für mich unerwartet, ein fremder Traum. Der Mann entblößte sich und berührte mich. Ich erschrak und war wie versteinert. Bis dahin hatte ich noch nie einen nackten Mann gesehen. Auch war ich keineswegs aufgeklärt. In dieser Beziehung hatten meine Eltern wohl etwas versäumt. Wenigstens körperlich unverletzt, ließ der Bursche mich dann laufen. Als ich Mechthild das Vorkommnis schilderte, sagte sie: »Das nennt man …«, und benutzte einen Ausdruck aus dem Gossenjargon. Aber soweit war es ja glücklicherweise nicht gekommen. Dennoch fühlte ich, dass etwas Ungeheuerliches hätte geschehen können, und bis heute habe ich niemandem davon erzählen können. Damals schon gar nicht. Der Vater meiner Freundin hätte den Burschen, der wohl aus der Nachbarschaft stammte, wahrscheinlich verprügelt. Meine Tante wollte ich damit nicht belasten. Und wer hätte dem Kind verfemter Eltern geglaubt, einem Kind, das vogelfrei war? Den jungen Mann habe ich nur einmal noch im Freibad gesehen, als er protzig seinen freien Oberkörper im Durchgang zu den Umkleidekabinen zur Schau stellte. Ich weiß nicht, ob dieses Imponiergehabe damals mir gelten sollte. Sein Gesicht hat mich aber ein Leben lang verfolgt, und Menschen, die ihm ähnlich sahen, bin ich aus dem Weg gegangen. Den Busch und das Buschhaus habe ich nie wieder besucht.

In der Gefangenschaft

An der Bilderwand in meinem Wohnzimmer befindet sich seit Jahren ein Porträt meines Vaters. Es ist eine Bleistiftzeichnung auf der Rückseite eines Fotos. Im Hintergrund ist ein Stacheldrahtzaun angedeutet. Die Pfeife in der Hand des Vaters scheint kalt zu sein, es steigt kein Rauch auf. Es gab wohl keinen Tabak in dem Gefangenenlager für deutsche Offiziere in Mailly-le-Camp in Frankreich, im Oktober 1945. Aus den späteren Erzählungen meines Vaters habe ich diesen Text erstellt. Ich glaube, so könnte es gewesen sein:

Wilhelm erhebt sich von seinem Strohlager, befreit sich von Spreu, rückt die verblichene Uniformjacke zurecht und fühlt, ob der Scheitel sein kurzes Haar auch korrekt teilt. Wenn auch Schulterklappen, Kragenspiegel und Hoheitszeichen sofort nach der Gefangennahme von seiner Kleidung entfernt worden sind, so geht ihm doch immer noch Haltung über alles.

Wilhelm bemüht sich trotz des beißenden Hungers, elastischen Schrittes die Verpflegungsbaracke zu betreten. »Guten Morgen, die Herren!«, entbietet er seinen Mitgefangenen einen höflichen Gruß. Ein Blechnapf mit Kaffee steht für ihn bereit. Der Kaffee ist türkisch gebrüht, Gott sei Dank, so bekommt der Magen am Ende doch noch etwas Festes. Alle trinken langsam, um wenigstens die angenehme Wärme des Getränks möglichst lange zu genießen. Dann löffelt man in winzigen Mengen den Satz. Nur Major Kauffmann hält nach dem Trinken inne und spart den Satz auf. Bald wird er wieder weinend von Baracke zu Baracke ziehen und versuchen, für die schwarze Substanz eine Zigarette einzutauschen.

Das Gespräch ist gedämpft. Niemand beschwert sich über

die karge Kost. Einmal hatte Oberst Herberg die Beherrschung verloren und vor Hunger nach etwas Brot gerufen. Daraufhin musste er einen Tag lang die Latrine reinigen. Das war Abschreckung genug für alle und für alle Zeit.

Nun wird überlegt. Womit soll man heute die Langeweile bekämpfen? Man konnte doch nicht schon wieder Kochrezepte aufschreiben. Außerdem ist alles vorhandene Toilettenpapier bereits verbraucht. Rolle für Rolle ist mit den herrlichsten Menüs, Vorspeisen und Desserts beschriftet worden, die Hauptmann Tietzes Fantasie und Erinnerung entstammen. Die Kochkunst ist seine Leidenschaft und auf seinem Gut in Mecklenburg hat er Familie und Freunde mit manch köstlichem Mal verwöhnt. Bei den unzulänglichen Lebensmittelzuteilungen hier im Lager können die Gefangenen aber von gedeckten Tischen nur träumen.

Wilhelm zieht sich zurück und nimmt sich wieder einmal die Fotos seiner Töchter vor. Von Jugend an hat er gern fotografiert. Diese zwei Fotos scheinen ihm besonders gut gelungen. Die ältere Tochter im Alter von 20 Jahren bei der Ernte, die Arme voller reifer Ähren, die jüngere, sechs Jahre alt, mit einem Osterhasen im Arm inmitten von Tulpen und blühenden Sträuchern.

Die Gedanken entfliehen. Ob es richtig war, noch vor der Kapitulation die Dienststelle in Zerbst in Richtung Westen zu verlassen? Doch einerseits wurden die Auseinandersetzungen mit dem Vorgesetzten, einem SS-Mann, immer größer. Dem Wahnsinn, dieses mittelalterliche Kleinod bis auf die Grundmauern verteidigen zu wollen, konnte Wilhelm nicht zustimmen. Andererseits rückten die Russen unaufhaltsam auf die Elbe zu und denen wollte man keineswegs in die Hände fallen. Seine zwei Mitarbeiter dachten wie er. Wenn schon ergeben, dann den westlichen Alliierten. Also versah man sich mit einer weißen Fahne, setzte bei Aken über die Elbe und versuchte, sich zur Westfront durchzuschlagen. Die Flucht endete bereits nach wenigen Kilometern. Mit anderen deutschen Wehrmachtsangehörigen wurde er in eins der berüchtigten Rheinwiesenlager bei Bad Kreuznach gebracht, wo er zwei Monate unter freiem Himmel zubringen musste. Nie wird er das menschenunwürdige Dasein im Schlamm vergessen, wo jedes kameradschaftliche Gefühl erstickte, wo der Tod so nahe war und reiche Beute machte. Später übergaben die Amerikaner die Gefangenen an die Franzosen. So kam er hierher.

Schritte reißen ihn aus seiner Versunkenheit. »Ich sehe, Sie weilen in der Erinnerung, verehrter Leidensgenosse. Lassen Sie mich teilhaben, vielleicht können wir uns etwas die Zeit vertreiben. Wollen wir uns von unseren Familien erzählen? Die meine lebt im Anhaltischen, in Bernburg. Und wo sind Sie zu Hause?« Wilhelm ist überrascht. »Auch ich komme aus Anhalt, aus der kleinen Stadt Hoym.« Und er erzählt vom letzten Weihnachtsfest, vom Ölgemälde mit den beiden Töchtern, das er seiner Frau schenkte. Ein Zerbster Maler habe es nach einem Foto und einigen Begegnungen mit den Mädchen geschaffen. Oberstleutnant Flack, von Beruf Zeichenlehrer, drängt es, einmal wieder seine Fähigkeiten unter Beweis zu stellen. Er schlägt vor: »Wie wäre es, wenn Sie bei Ihrer hoffentlich glücklichen Heimkehr Ihrer Familie einmal ein Bild von sich überreichen?« Ein Bleistift ist schnell gefunden, und die Rückseite des Fotos, auf dem die jüngere Tochter zu Ostern 1944 abgebildet ist, eignet sich als Karton. Die Sitzung kann beginnen. So entsteht das eingangs erwähnte Porträt.

Gern würde Wilhelm auch der älteren Tochter ein Bild von sich schenken. Deshalb bittet er den Künstler um ein zweites Porträt, auf der Rückseite des Fotos, das sie bei der Ernte zeigt. Oberstleutnant Flack kommt der Bitte seines Kameraden gerne nach. Der Gedanke an das Wiedersehen mit Frau und Töchtern stärkt Wilhelms Überlebenswillen, trotz der sichtbaren und fortschreitenden Unterernährung.

Im Frühjahr 1946 ist es endlich soweit. Die aus Mitteldeutschland stammenden Offiziere sollen entlassen werden. Ein Transportzug wird zusammengestellt. Bereits während des Grenzübertritts leidet Wilhelm unter so starkem Durchfall, dass die Einweisung in eine Klinik unumgänglich ist. Marburg wird zur Zwischenstation. Dort bekommt er erstmals wieder deutsche Zeitungen in die Hand und erfährt so von den Veränderungen, die inzwischen in der sowjetischen Besatzungszone vor sich gegangen sind. Er beschließt, erst einmal im Westen zu bleiben. Freunde nehmen ihn auf.

Seine Kameraden, die sich wie er auf die Heimkehr gefreut hatten, werden in Erfurt von den Russen übernommen und direkt in sowjetische Lager weitergeleitet, auf einen neuen langen Leidensweg.

Irmgard wird Neubäuerin

Eines Tages kam Anna wieder einmal zu Tante Gertrud und mir. Sie überbrachte eine gute Nachricht: Die Gemeindebodenkommission habe erneut über unsere Situation beraten und ihre Entscheidung dahingehend korrigiert, dass meiner Schwester, die ja nicht für die Wehrmachtszugehörigkeit unseres Vaters verantwortlich gemacht werden könne, acht Hektar Bodenreformland aus unserem ehemaligen Besitz übertragen werden könnten. Voraussetzung sei natürlich, dass sie darauf auch aktiv Landwirtschaft betriebe. Dazu sollte sie die Hälfte von Haus, Hof und Garten bekommen, die bereits durch einen Zaun abgegrenzt worden waren. Was weder Anna noch wir wussten: Irmgard war selbst auf die Idee gekommen, eine Neubauernstelle zu beantragen, um auf diese Weise etwas vom Besitz unserer Eltern zu retten. Sie sah darin wohl auch einen Familienauftrag. Ihre Verbannung war damit beendet.

Ein bisschen stolz war sie schon auf die Urkunde, die ihr Neubauerndasein bescheinigte. Nun war sie meine Erziehungsberechtigte und im Juli 1946 unterschrieb sie mein Abschlusszeugnis für das vierte Schuljahr. Diese Aufgabe musste sie auch noch für weitere Zeugnisse übernehmen.

Mutters Ausweisung blieb nämlich erhalten. Sie floh zu meinem Vater in die Nähe von Dortmund. Vater war nach der Entlassung aus der Gefangenschaft von einem Regimentskameraden aus dem Ersten Weltkrieg aufgenommen worden und arbeitete auf dessen Gut in Dortmund-Großholthausen.

Nun stand meine Schwester vor der für sie schweren Aufgabe, einen Landwirtschaftsbetrieb zu führen. Zwar fehlte es nicht an Freunden, die der hübschen, erst 22-jährigen Frau Hilfe anboten. Auch hatte sie während des Reichsarbeitsdiensts nach dem Abitur in der Altmark entsprechende Erfahrungen sammeln können, und es gab die sogenannte Vereinigung der gegenseitigen Bauernhilfe (VdgB). Aber alle Soll-Auflagen zu erfüllen, das heißt Ablieferung von Milch, Butter, Kartoffeln, Lein, Tabak und vor allem Zuckerrüben, war sicher nicht einfach. Noch heute bewundere ich ihren Einsatz und staune beim Lesen ihrer Notizbücher. Ihre Gewissenhaftigkeit war sicher kein Nachteil. Auch das frühe Aufstehen störte sie offenbar nicht. Wenn der Hahn krähte und die Kühe muhten, war ihre Nacht zu Ende. Ich habe sie aber deshalb nie missgelaunt erlebt.

Zunächst lagen die Felder noch brach, und unsere Aufgabe bestand darin, zum Beispiel den Acker in der »Sülze«, so hieß eine der Fluren, von Steinen zu befreien, damit er gepflügt und für die Wintersaat vorbereitet werden konnte. Mit einem Ackerwagen, vor den eine milchgebende Färse, das heißt ein weibliches Rind, das noch nicht gekalbt hat, und ein Pferd gespannt waren, fuhren wir hinaus. Zu Hause schaltete und waltete Tante Gertrud und sorgte für uns. Da die angebliche Färse nicht als Kuh gehandelt wurde, war sie ein Segen für uns. Das Tier wurde nicht mit einem Milchsoll belegt. Mir ist nach all den vielen Jahren, als hätten wir trotz aller Schikanen manchmal auch wohlgesinnte Fürsprecher gehabt. Übrigens vertrug sich das ungleiche Gespann, also Färse und Pferd, ausgesprochen gut und fuhr uns und unsere Helfer ruhig und sicher zu den Feldern und wieder zurück zum Hof.

Mein Vetter Ludwig beobachtete Irmgard einmal staunend, als sie das Fuhrwerk durch die Selkefurt lenkte. Mehr noch: Sie konnte obendrein Trecker fahren. Irgendwann tuckerte sie sogar mit einer Zugmaschine und einem Anhänger der VdgB bis Ballenstedt, um Holz für den Stallumbau zu holen.

Meine Schwester war mit Leib und Seele Bäuerin und auch sehr tierlieb. So gab sie einigen von unseren Mitgeschöpfen

Namen. Unser kleiner frecher Hund, eine sogenannte Promenadenmischung und ein Geschenk von Bekannten, hieß Timmi, unsere Ziege Mieke und mein Kaninchen Pauline.

Ein Foto zeigt sie Wange an Wange mit ihrem Pferd, dem Max, einem schönen braunen Ackergaul mit schwarzer Mähne. Es war ein gutmütiger Wallach, den man ihr wohlwollend zugeteilt hatte. Manchmal hielt sie ihm einen Apfel hin, den er genüsslich verzehrte. Sie hatte ihm längst verziehen, dass er ihr einmal, unbeabsichtigt, auf den Fuß getreten hatte.

Ob und wie wir in jener Zeit Kontakt zu den Eltern hatten, weiß ich nicht. Vielleicht haben es Irmgard und Tante Gertrud mir verschwiegen, um meine Sehnsucht nicht zu vergrößern. Auch fürchteten sie eventuell, ich könne Dinge ausplaudern, die uns schaden könnten.

Mein Vater berichtete später oft vom Geschehen auf dem westfälischen Bauernhof, zu dem große Feld- und auch Waldflächen gehörten. So erlebte er dort beispielsweise das Decken einer Stute und auch später die schwierige Geburt des Fohlens mit. Ebenso unvergesslich war für ihn der Kampf zwischen einem Dachs und einem Hund in einer Erdfalle, bei dem der Hund unterlag.

Nur von dem vielgerühmten westfälischen Schinken hielt er nicht viel.

Kein Wunder, war er doch die guten Halberstädter Schlachtwaren gewöhnt.

Meine Mutter erinnerte sich nicht gern an ihre Dortmunder Zeit. Sie arbeitete in einem Geschäftshaushalt und war der Besitzerin wohl etwas zu eifrig. Die mochte es nicht, wenn Mutter vor ihr aufstand und die Wohnung schon vor dem Frühstück aufgeräumt hatte. Von ihrem bescheidenen Lohn schickte sie uns aber zu Weihnachten hübschen Christbaumschmuck und mir ein kleines Bilderbuch, das ich heute noch habe. Es heißt »Bunte Reise im Kreise« (Chery-Verlag, Berlin 1946). Ich glaube, sie wünschte sich, dass ich mir einmal wie die Kinder in dem Büchlein die Welt ansehen könnte.

Das Jahr 1946 ging ohne weitere Höhepunkte zu Ende – wir hatten uns mit unserer Situation abgefunden.

Hoym 1947

Schlachtfest

Auf den Feldern und Wiesen lag noch Schnee, an den Fenstern blühten Eisblumen und von der Dachrinne hingen lange Eiszapfen herab. Das war die Zeit der Schlachtfeste. Auch wir hatten ein Schwein gefüttert, das nun seinem Ende entgegensah. Zunächst fragten wir beim Fleischer an, wann wir mit ihm rechnen könnten. Der hatte natürlich zu dieser Zeit viel zu tun, ging mehrmals in der Woche von Haus zu Haus und konnte stolz sein auf alles, was da unter seinen Händen passierte. Die Leute waren ihm sehr dankbar und stellten ihm gerne den gewünschten Pfefferminzlikör bereit. Anders konnte er wohl auch den Geruch von rohem Fleisch, gekochter Wurst, gewaschenen Därmen und zerlassenem Fett nicht ertragen.

Zur Schlachtzeit bestand übrigens ein gutes Miteinander zwischen allen Leuten, die schlachteten. Am Abend des Schlachttags wurde reihum und wechselseitig eine Schlachtgabe an Freunde und Verwandte verteilt, die aus einer Kanne Wurstsuppe, einem Klumpen Gehacktem (Hackepeter, Mett) und einer Scheibe Wellfleisch (gekochter Schweinebauch) bestand. In unserem Fall oblag die Aufgabe des Überbringens mir und alle Bedachten freuten sich.

Auch durfte ich beim Drehen des Fleischwolfs helfen. Das war eine nicht ungefährliche Aufgabe. Es passierte später einmal, dass jemand beim Nachstopfen des Fleischs in den Trichter zu nah an das rotierende Messer kam – wir aber überstanden alles unverletzt.

Bevor der Fleischer jedoch seine Tätigkeit bei uns beginnen konnte, riss unser Schwein aus, nachdem Irmgard und Tante Gertrud es aus dem Stall geholt hatten. Es schien zu wissen, was ihm drohte und genoss lieber die Freiheit auf dem Hof. Es drehte Runde um Runde auf dem Rasen, grunzte und quiekte. Tante Gertrud wollte das Tier umlenken, doch es ließ sich nichts gefallen. Ehe Tante Gertrud es sich versah, saß sie rittlings rückwärts auf dem Schweinerücken. Das war ein köstlicher Anblick, alle lachten, obwohl es Tante Gertrud gar nicht lustig fand.

Mit ausgebreiteten Armen konnten schließlich alle Beteiligten das Tier in die Gewalt des Fleischers bringen. Der nahm es zwischen die Knie und tötete es kurz und schmerzlos durch einen Schuss aus einem speziellen Schießeisen, das er auf die Stirn des Opfers aufsetzte.

Rund um die Zuckerrübe

Das weitere Jahr 1947 stand ganz im Zeichen des landwirtschaftlichen Kreislaufs. Im März wurde gepflügt und geeggt. Danach folgte das Einbringen der Saat: Getreide, Kartoffeln, Lein und vor allem Rüben. Das nördliche Harzvorland, Teil der fruchtbaren Magdeburger Börde, war und ist eines der größten Rübenanbaugebiete Deutschlands. In jedem Ort stand eine Zuckerfabrik. Nicht mehr alle waren noch in Betrieb, manche wurden teilweise nur als Darre zum Trocknen der Rübenschnitzel genutzt. Unsere Rüben wurden – wie ich glaube – nach Aschersleben gebracht. Die sogenannte »Kampagne« in den Fabriken im Herbst war für die Arbeiter sehr anstrengend. Es wurde im Schichtdienst gearbeitet, aber es wurde auch gut verdient!

Neben der Zuckerherstellung, die der Industrie vorbehalten war, waren mit der Rübenernte auch häusliche Prozeduren verbunden. Zunächst wurde »Saft« gekocht. Das war ein dunkelbrauner Sirup, der durch das Eindicken von Rübensaft entstand. Den Saft gewann man durch Auspressen der gekochten und zerkleinerten Rüben. Der Prozess des Eindickens im Waschkessel dauerte Stunden und der Saft musste unaufhörlich gerührt werden. Ich sehe Irmgard noch auf dem Waschkesselrand sitzen, lesend und dabei rührend. Manchmal kam die befreundete Nachbarstochter auf einen kleinen Plausch vorbei. Der am Kesselrand kandierte Zucker war uns Bonbonersatz. Der Saft war ein leckerer Brotaufstrich. Meine Schwester hatte zeitlebens ein Glas im Haus. Noch heute bereichert Rübensaft ja so manchen Frühstückstisch. Damals ließ man sich noch andere Verwendungsmöglichkeiten einfallen: Zum Beispiel wurden Hefeklöße gern mit »Saurer Saftsoße« gegessen.

Doch vor der Verarbeitung mussten die Rüben natürlich erst einmal gesät werden. Wenn die Saat aufgegangen war, galt es, die Pflanzen zu vereinzeln, damit sich die Rüben beim Wachsen ausbreiten konnten. Das sogenannte »Rübenverziehen« war Aufgabe von uns Schulkindern. Wir taten das gern und waren froh über die unterrichtsfreie Zeit. Manchmal bekamen wir auch schulfrei, um auf den Kartoffelfeldern Kartoffelkäfer einzusammeln.

Ein besonderer Höhepunkt war die Rübenernte im Herbst. Die Rüben wurden mit einer Rübengabel angehoben, dann von Hand eingesammelt und »geköpft«. Eine Kolonne von Landfrauen half den Bauern, auch uns. Eine ältere Helferin, eine Umsiedlerin, die mit Akzent sprach, war besonders fix im Abtrennen der Blätter. Dann wurden die Rüben von der Erde befreit und in Körbe geworfen. Das Blattwerk wanderte auf einen Haufen, um später verfüttert zu werden. Mein Vetter aus Badeborn, der meine Schwester zeitweise unterstützte, bekam einmal eine Rübe an den Kopf. »Junger Herre musst Du Kopf wegnehmen«, sagte da die Alte. Dieser Satz wurde später bei uns zum geflügelten Wort«.

Die Silberhochzeit der Eltern

Unsere Eltern hatten 1922 geheiratet, am 24. August, Tante Gertruds Geburtstag. Nun waren 25 Jahre vergangen, gute Jahre und weniger gute Jahre, aber Jahre, die durch gegenseitiges Vertrauen und Entgegenkommen sowie gemeinsame Interessen bestimmt waren. Vor allem waren es auch gesunde Jahre. Der Zuneigung der Eltern zueinander waren wir uns immer gewiss.

Nun wäre das Jubiläum eigentlich ein Grund zum Feiern mit Verwandten und Freunden gewesen. Aber zu dieser Zeit? In dieser Situation?

Natürlich versuchten Vater und Irmgard wenigstens ein Treffen für uns, also zwischen Irmgard, mir und den Eltern, zu organisieren. Das musste in der Westzone stattfinden, da die Eltern ja keine Aufenthaltserlaubnis für Hoym hatten.

Onkel Herrmann, auch ein Bruder meines Vaters, der einmal Bürgermeister in Goslar gewesen war und dort noch eine Wohnung hatte, stellte uns diese zur Verfügung. Doch wie sollten wir von Hoym nach Goslar kommen? Irmgard war mutig, wie immer. Wir folgten dem Motto »Schwarz über die grüne Grenze«. Zunächst fuhren wir mit der Eisenbahn über Halberstadt nach Ilsenburg, immer am nördlichen Harzrand entlang. In Ilsenburg gingen wir den Weg, den alle gingen. Damals herrschte noch reger Grenzverkehr. Manche Leute blieben »drüben«, aber die meisten, wie wir auch, wollten die Heimat natürlich nicht für immer verlassen.

Ein wenig zogen wir durchs Ilsetal, das ebenso berühmt war wie das Tal der Bode oder das der Selke. Irgendjemand summte – trotz aller Dramatik:

Ich bin die Prinzessin Ilse
und wohne im Ilsenstein.
Komm mit nach meinem Schlosse …

Vielleicht war es eine Lehrerin, die sich mit Heine-Liedern auskannte. Ich wusste zu der Zeit natürlich nichts von all den berühmten Männern, die den Harz besucht haben. Jene Sagengestalt, die Ilse, hatte dem Gebirgsbach seinen Namen gegeben. Es heißt, dass, wenn man sie trifft, sie einem Glück bringt. Sie soll sogar König Heinrich I. begegnet sein. Möglich, lebte dieser doch zeitweise in der Nähe, in Quedlinburg, wo er später am Finkenherd die Reichsinsignien erhalten haben soll. Außerdem heißt es, einem Köhler habe sie den Ranzen mit Pferdeäpfeln gefüllt, die sich später in Gold verwandelten …

Nun, uns fehlte die Muße, über den Sagenschatz des Harzes nachzudenken, obwohl der Weg märchenhaft erschien. Wir sahen auch die Prinzessin Ilse nicht, sondern stattdessen einen sowjetischen Wachposten, der plötzlich vor uns stand, gestiefelt und mit dem Gewehr vor der Brust. Irmgard hatte mich vorher eindringlich instruiert, in einem solchen Fall ein paar Tränen kullern zu lassen. Das würde die Russen mild stimmen, sie seien nämlich sehr kinderfreundlich. Ich musste mich nicht anstrengen, vor lauter Angst rannen die Tränen ganz von alleine. Es wirkte. Mir, dem elfjährigen Mädchen im Dirndl und mit den langen dunkelblonden Zöpfen, das Haar teilweise zu einem sogenannten Hahnenkamm aufgesteckt, schien er nichts abschlagen zu können. Er winkte uns durch. Aber vielleicht hätte er das auch getan, wenn ich nicht geweint hätte. So verließen wir die sowjetische Besatzungszone ohne Komplikationen. Bald erreichten wir Stapelburg und von dort brachte uns, wenn ich mich recht erinnere, ein Zug nach Goslar. Dort wurden wir von den Eltern sehnsüchtig erwartet und in die Arme genommen. Jetzt gab es Freudentränen!

Die Tage vergingen mit Erzählen und mit gemeinsamem Essen. Mutter fragte nach Tante Gertrud, nach Anna, nach Tante Ilse und den Cousinen. Vater wollte natürlich wissen, ob wir etwas von Onkel Heinrich gehört hätten. Und wie mein Zeugnis ausgesehen habe. Ich konnte es ihm sogar zeigen und er konnte es unterschreiben! Irmgard hatte am Vortag unserer Reise noch ein Huhn geschlachtet, das sie nun gemeinsam mit Mutter verarbeitete. Mittags gab es Frikassee mit Reis. Selbstverständlich standen zum Frühstück gekochte Eier und Zuckerrübensirup auf dem Tisch und abends labten wir uns an unserer eingekochten, eigenen hausschlachtenen Wurst und an Harzer Käse. Wir sahen uns gemeinsam die alte Kaiser-, Reichs- und Hansestadt Goslar an und fotografierten uns vor der Kaiserpfalz. Schnell war die schöne Zeit vorbei und Irmgard musste zurück nach Hoym. Sie konnte den Hof nicht so lange Tante Gertrud allein überlassen. Irgendjemand muss ihr wohl auch geholfen haben, während wir fort waren.

Ich durfte die Tage mit den Eltern noch etwas länger genießen, schließlich waren Ferien. Vater durchwanderte mit mir das Okertal, das auch sehr romantisch ist. Die Eltern hatten ihre Hochzeitsreise dort begonnen, mit den Eichendorff-Liedern im Gepäck. Auf der ersten Seite des kleinen Büchleins ist in Sütterlinschrift zu lesen:

Es steht im Wald geschrieben
Ein stilles, ernstes Wort
Vom rechten Tun und Lieben
Und was des Menschen Hort.
Ich habe treu gelesen
Die Worte schlicht und wahr,
und durch mein ganzes Wesen
ward's unaussprechlich klar!

Zur Erinnerung an unsere Wanderung durch die Harzwälder
Dein Wilhelm   *(Juni 1921)*

Auch ich liebe diese Strophe aus dem Eichendorff-Lied »Abschied«. »O Täler weit, o Höhen« beginnt es, und es kommt mir bei vielen Wanderungen in den Sinn.

Vater führte mich schließlich auch vorbei an schroffen Felstürmen, zum Romkerhaller Wasserfall. Im Gasthaus Romkerhalle trank ich damals übrigens zum ersten Mal in meinem Leben Apfelschorle! Das Getränk kannte man bei uns zu Hause nicht. Irgendwann kam aber auch für mich die Stunde des Abschieds. Die Eltern brachten mich nach Stapelburg und baten Grenzgänger – welch Vertrauensvorschuss!! – mich mit in die Ostzone zu nehmen, bis Halberstadt. Dort sollte mich Tante Gertrud abholen. Wir verfehlten uns jedoch und ich möchte mir nicht vorstellen, welche Angst die Tante gehabt haben muss, als ich nicht erschien. Schließlich fanden wir uns aber beide in Hoym ein und waren dankbar, dass alles gut gegangen war.

Doch die Eltern fehlten uns nun mehr denn je.

Hoym 1948

Ereignisse im Winter 1948

Der Winter 1948 brachte außer dem Schlachtfest noch andere Ereignisse und Aufgaben wie zum Beispiel das Bohnen-Dreschen und -Abliefern, die Übergabe der getrockneten Tabakblätter an die Sammelstelle und das Beschaffen von Kohlen. 25 Zentner davon konnte Irmgard gegen einen Zentner Weizen eintauschen! Und für eineinhalb Zentner dieses Getreides bekam sie ein Ferkel. Diese Notizen fand ich in ihrem Jahreskalender »Der freie Bauer« von 1948. Freudig vermerkt ist die Geburt eines Lamms.

Zu Fastnacht war Feuerwehrball angesagt. Die Hoymer Feuerwehr bestand schon lange und es war Tradition, zu Fastnacht einen Maskenball im »Schwarzen Bären« zu veranstalten. Meine Schwester war trotz aller Herausforderungen, denen sie sich stellen musste, sehr lebenslustig. So freute sie sich auf diesen Ball. Sie nähte sich dafür ein hübsches Kleid aus einem Bettlaken, schulterfrei, mit vielen Rüschen, die sie schwarz abpaspelte. Vorbild für das Modell war die Robe einer Hofdame auf einem unserer Ahnenbilder. Den langen weiten Rock zierten Notenlinien und Noten des damals aktuellen Schlagers »Man müsste Klavier spielen können ...«, Johannes Heesters sang ihn. Mit ihrer schwarzen Halbmaske hätte sie eine geheimnisvolle Königin des Abends werden können. Doch ihre Erwartungen wurden wohl enttäuscht. Im Kalender fand ich folgenden Kommentar: »Langweilig!«

Viel Aufregung brachte uns das Hochwasser, das uns eines Tages die Selke bescherte. Wiese, Hof und Garten wurden überschwemmt. Der Hühnerstall war in Gefahr. Wir fingen die Hühner, die nervös auf ihren Stangen flatterten, ein und brachten sie auf den Hausboden. Ein Teil des Dachstuhls war nicht ausgebaut, da hatten die Tiere Balken zum Sitzen und auf dem Fußboden Sand zum Scharren und zum Eierlegen. Als sie wieder zurück in den Stall konnten, hatten wir natürlich viel Mühe mit dem Beseitigen ihrer Hinterlassenschaften.

Einmal wurde Irmgard von heftigen Zahnschmerzen geplagt. Glücklicherweise praktizierte ein Zahnarzt im Ort, den sie umgehend aufsuchte. Er behandelte sie gern und hat sie wohl anschließend geküsst. So hat sie es jedenfalls angedeutet …

Die Rückkehr

Im Frühjahr 1948 durfte Mutter zurückkehren. Da die Eltern glaubten, die Lage hätte sich beruhigt, wurde meine Mutter heimlich von meinem Vater begleitet. An einem Abend standen sie plötzlich im Flur in unserem Haus an der Selke, das heißt in dem Teil, der uns geblieben war. Sie waren im Schutz der Dunkelheit durch den Garten gekommen. Schon bald wurde unsere Wiedersehensfreude aber durch ein heftiges und lautes Pochen an der eichenen Haustür unterbrochen: »Aufmachen, Polizei!« Erschrocken öffnete mein Vater und sah sich mehreren Polizisten gegenüber. »Mitkommen«, lautete der Befehl. Wieder befielen uns Schrecken und Angst. Wohin würden sie ihn bringen? Was würde man ihm antun? Wieder war es meine Schwester, die von Amt zu Amt lief, um etwas in Erfahrung zu bringen, zunächst ergebnislos.

Da erschienen am übernächsten Tag meine Cousine und mein Cousin aus Ballenstedt. Sie wohnten ja noch im Amtsgericht, in dem Onkel Ludwig tätig gewesen war, ehe ihn die Russen holten, und konnten das Gefängnis und die Gefängniszellen sehen. Vom Garten aus hatten sie meinen Vater hinter den vergitterten Fenstern erblickt und sich mit ihm mit Handzeichen verständigt.

Wir waren erst einmal erleichtert. Schließlich hätte es schlimmer kommen können, wie meine Tante immer sagte. Irmgard sprach sofort bei der Gefängnisverwaltung vor. Man riet ihr, einen Anwalt zu nehmen. Und es gab in jener Zeit durchaus seriöse und neutrale Menschen, die objektiv und sachlich Rechtsuchenden halfen, soweit es in ihrer Macht stand. So einen Juristen hatte Irmgard gefunden. Aufgrund seiner Ermittlungen, Recherchen und Befragungen wurde mein Vater nach sechs Wochen wieder entlassen. Alle seine ehemaligen Mitarbeiter hatten zu seinen Gunsten ausgesagt.

Eine Entnazifizierung wurde eingeleitet, obwohl er ja gar kein Nazi war. Wieder gab es Wiedersehensfreude und wieder wurde schon bald an unsere Haustür gepocht, so heftig, als sollte sie eingedrückt werden. Diesmal öffneten wir aber nicht. Nur ich bemerkte, wie der Neubauer, mit dem wir unser Haus teilten, Vater in seine Wohnung zog. Als Irmgard glaubte, Vater habe sich versteckt – ohne zu wissen, wo –, öffnete sie. Wieder stürmte der Polizist, der uns schon beim ersten Mal belästigt hatte, herein, fluchend: »Wo ist der Kriegsverbrecher, dem werd ich's zeigen!« Wer oder was hatte ihn so fanatisch und übereifrig werden lassen? Er durchsuchte alle Räume, Küche, Keller und Boden. Aber Vater war nicht zu finden. Wir standen schreckensbleich mit Herzklopfen dieser Situation gegenüber. Schließlich, nach endloser Zeit, zog der Unhold grollend wieder ab. Da konnte ich loswerden, was ich anfangs beobachtet hatte und sagen, wer unseren Vater versteckt hatte.

Der Sohn des Neubauern hatte ihn aber bereits an der Selke entlang nach Reinstedt gebracht. Dort wollte Vater bei seinem Onkel Andreas Schutz suchen.

Meine Mutter, die bis dahin nicht in der Lage gewesen war, aktiv zu werden und alle Bemühungen meiner Schwester überlassen hatte, brach sofort auf, um meinem Vater zu folgen. Aber er war nicht bei Onkel Andreas! Was nun? Sie fing an zu weinen, zu klagen. Onkel Andreas versuchte sie zu trösten und zu beruhigen. Da geschah etwas Überraschendes: Vater kam. Onkel Andreas hatte sein Pochen nicht gehört. Da war Vater über die Mauer geklettert und in den Garten gesprungen. Als Mutter kam und klopfte, hatte er weitere Verfolgung durch die Polizei vermutet und war auf eine der hohen Tannen geklettert.

Die Eltern verbrachten danach einige Tage bei einer Freundin in Leipzig, bis Irmgard mithilfe des Rechtsanwalts Vaters Aufenthaltsgenehmigung für Hoym erwirkt hatte. So konnte mein Vater im Juli endlich wieder auch mein Zeugnis unterschreiben. Ich beendete damals inzwischen die sechste Klasse. Irmgard durfte die Eltern in ihrer Landwirtschaft beschäftigen. Vater unterstützte sie vor allem in der Buchführung, aber natürlich auch in Ackerbau und Tierhaltung. Unsere Mutter widmete sich dagegen dem Haushalt, konnte Tante Gertrud entlasten und verwertete gerne, was der Garten uns schenkte.

Himbeersaft auf kaltem Wege

Himbeersaft war eine von Mutters Spezialitäten. Auf dem großen Küchentisch lagen die braun-rot gefärbten Leinentücher, die nur in der Zeit der Beerenernte hervorgeholt wurden. Da wusste ich, Mutter würde Saft ansetzen. Schon gestern hatte sie fünf Pfund reife, frisch gepflückte Himbeeren, 50 Gramm Zitronensäure und eineinhalb Liter kaltes Wasser in eine irdene Schüssel gegeben und über Nacht ziehen lassen. Heute nun wurden die Früchte auf ein feuchtes Seihtuch geschüttet und der Saft in einem Steintopf aufgefangen. Das Seihtuch wurde immer an den Enden verknotet und durch die entstehenden Ösen wurde eine Leiste hindurchgeschoben. Diese kam über die Lehnen von zwei Küchenstühlen, sodass der Fruchtbeutel frei über dem Auffanggefäß hing.

Schon lief mir das Wasser im Munde zusammen. In meiner Kindheit kannte ich keinen größeren Genuss als Mutters Himbeersaft auf kaltem Wege. Diese Köstlichkeit mit Wasser verdünnt war mir Trost bei Krankheit, Labung an heißen Tagen und Lohn, wenn ich zum Beispiel Geschirr abgewaschen hatte.

Bald würde Mutter den aufgefangenen Saft mit Zucker und Dr. Oetkers Einmachhilfe versetzen und in vorbereitete Flaschen füllen. Den Trester kochte sie gewöhnlich später mit Wasser auf und bereitete sozusagen als »Abfallprodukt«, unter Zusatz von Sago, Rote Grütze. Wenn es nur diese eine Speise gegeben hätte, mit Vanillesoße, es wäre schon allein ein unvergessliches Festessen gewesen und der Aufwand hätte sich gelohnt.

Noch aber hing der Beutel ungeöffnet zwischen den Stühlen und verströmte seinen aromatischen, anziehenden Duft. Anziehend im wahrsten Sinn des Wortes: Eine Wespe stellte sich ein. Sie krabbelte schnüffelnd über den Bauch des Fruchtbeutels, flügelte emsig und tanzte hin und her. Plötzlich drang durch das geöffnete Küchenfenster ein immer lauter werdendes Summen. Ehe wir reagieren konnten, hing ein ganzes Wespenvolk an dem Seihtuch. Wir verließen fluchtartig den Raum. Mutter schickte mich zum Imker. Atemlos berichtete ich von dem Überfall. »Warte Kind«, sagte der Mann zu mir, »ich steige nur in meinen Schutzanzug und zünde mir eine Pfeife an. Den Rauch mögen die Tiere nämlich nicht. Dann befreie ich euch.« Bald erschien er in voller Montur in unserem Haus, ein Hut mit dichtem Schleier und Stulpenhandschuhe schützten ihn. Sachte, ganz sachte, nahm er die Leiste mit den Insekten und trug sie behutsam auf die Wiese. Unter einem alten Apfelbaum streifte er die gefährliche Last ab. Aus sicherer Entfernung beobachteten wir, wie die Wespen auseinanderstoben und sich auf dem herumliegenden Fallobst verteilten.

Nachdem der erste Schreck vorüber und Mutter froh war, dass weder ich noch sie gestochen worden waren, bedauerten wir nun, dass alle Vorbereitung zur Saftproduktion umsonst gewesen war. Und auch auf die Rote Grütze mussten wir verzichten. Mutter tröstete mich: »Die Wespen wissen eben auch, was gut schmeckt.«

Sobald die Beeren nachgereift wären, wollten wir alles wiederholen. Nur bestellte sie schon einmal Gazefenster, um das nächste Mal vor ungebetenen Gästen sicher zu sein …

Die Eltern richteten sich die kleine Kammer im Anbau über dem Waschhaus ein. Das war zwar kein nobles Schlafzimmer, aber sie waren doch froh, wieder zu Hause zu sein.

Hoym 1949

Abschied von Hoym

Ende 1948 hatten wir uns also so eingerichtet, dass wir unser Auskommen hatten. Irmgard wurde auf einer Bauernversammlung sogar für die beste Weizenernte, das heißt für Ertrag und Qualität dieser Getreidesorte, ausgezeichnet. Vater blieb genug Zeit, um ab und zu die Verwandten in Badeborn und Ballenstedt zu besuchen, auch konnte er wieder seinen Hobbys nachgehen, fotografieren und lesen. Weihnachten feierten wir fast wie früher.

Da überraschte uns Anfang 1949 ein neuer Befehl der SMAD, der besagte: »Enteignete dürfen nicht auf ihrem ehemaligen Grundbesitz siedeln.« Da ja nicht meine Eltern auf ihrem ehemaligen Grundbesitz siedelten, sondern meiner Schwester, wie anderen Neubauern auch, Land aus dem Bodenreformfond übertragen worden war – entgegenkommend aus dem Besitz ihrer Eltern –, glaubten wir, der Befehl träfe auf uns nicht zu. In Irmgards Urkunde war von persönlichem, vererbbarem Eigentum und Eintragung in das Grundbuch die Rede. Doch der Hoymer Bürgermeister, der uns meiner Meinung nach sehr feindselig gesonnen war, setzte den Befehl sofort um, drohte mit Zwangsräumung und Einweisung in eine Baracke. Vater und Irmgard ließen nichts unversucht, um diesem Urteil zu entgehen. Sie sprachen wieder auf einer Behörde nach der anderen vor, ergebnislos. Ein Beamter in Halle ließ wohl durchblicken, dass die alte und die erneute Enteignung unrechtmäßig gewesen seien, aber sie seien unter Besatzungshoheit erfolgt und könnten deshalb nicht rückgängig gemacht werden.

Die Eltern wollten nun nicht mehr in Hoym, aber doch in der Nähe bleiben. Mein Vater nahm Verbindung mit dem Bürgermeister von Aschersleben auf, den er von Zerbst her kannte. Der stellte uns eine schöne Wohnung im Wohnhaus der Maschinenfabrik Hammer zur Verfügung. Dort

konnten wir aber unmöglich den gesamten Hausrat, den wir
Gott sei Dank behalten durften, unterbringen. Ohnmäch-
tig beobachtete ich, wie Mutter, Vater und Schwester mit
unsäglicher Mühe Stück für Stück verpackten. Nichts ging
verloren. Zum Glück hatten die Eltern die stabilen Holz-
kisten für die Eier vom Hoymer Hühnerhof aufgehoben.
Die nahmen nun Glas und Porzellan auf, darunter die wert-
vollen Erbstücke meines Ururgroßvaters, Franz Nettelbeck,
Pokale, Weingläser mit seinem Wappen – das zeigt eine Nes-
sel und einen Bock –, ein Petschaft, Wandteller, bemalt von
Raphael Reinhardt, einem Thüringer Künstler aus Kloster
Veilsdorf, der vom kunstliebenden Herzog von Anhalt an
seinen Ballenstedter Hof geholt worden war. Da waren vom
gleichen Künstler Ansichten von Hoym und Ballenstedt,
Ahnenbilder von unbekannten Malern, unzählige Bücher,
die Aussteuerwäsche von Generationen und, und, und …
Und wieder bedeutete der Nachbarort Reinstedt – selkeauf-
wärts – Rettung. Ein Vetter meines Vaters bot uns auf seinem großen Hof den Kornboden als Lager an. Dort fanden
nicht nur die Kisten und Bilder, sondern auch alle überzäh-
ligen Möbel Platz. Endlich war es geschafft. Eines Abends
stand ein von einem benachbarten Bauern geliehener Anhänger beladen auf dem Hof. Das konnten die Eltern und
Irmgard nicht allein geschafft haben, da hatten sicher wieder
viele freundliche Menschen geholfen.
Am nächsten Tag sollte eine Zugmaschine kommen und
unser Hab und Gut nach Reinstedt und nach Aschersleben
bringen. Plötzlich jedoch stand der Eigentümer des An-
hängers vor der Tür und fordert ihn zurück! Sofort! Er ließ
nicht mit sich reden. Da sah ich meinen Vater zum ersten
Mal weinen. Dennoch muss es ihm gelungen sein, umgehend einen anderen Hänger und treue Helfer zu besorgen
und alles umzuladen. Denn ich sah – gemeinsam mit Tante
Gertrud – den Transport am nächsten Tag unseren Hof
verlassen. Vater, Mutter und Irmgard saßen auf den Kisten

inmitten der abgedeckten Möbel und winkten traurig zum Abschied. Ich musste an die Ausweisung drei Jahre zuvor denken, es war wieder Winter, aber diesmal kannten wir wenigstens das Ziel. Ich stand mit meiner Tante auf der Freitreppe vor unserem Haus, wir waren die letzten, die es verließen. Tante Gertrud wollte erst einmal bei einer Freundin in Dessau die Trennung von ihrem Geburtshaus überwinden. Ich sollte, bis die Eltern in Aschersleben erst einmal zu Ruhe gekommen wären, bei Tante Ilse und den Cousinen bleiben, auch um nicht vor dem Ende des Winterhalbjahres die Schule wechseln zu müssen. In meinem Zeugnis erschien nun eine neue Unterschrift: die von Tante Ilse. Ihre Ausweisung war inzwischen aufgehoben worden und sie durfte mit ihren Töchtern eine Kellerwohnung in der Schloss-Straße bewohnen.

Und wo war das Vieh? Der Max, die Färse, das Schwein, die Hühner? Wahrscheinlich hatte es bereits die VdgB übernommen. Als lebendes Inventar fiel es ja ebenfalls wie Haus, Hof und Ackerland unter die entschädigungslose Enteignung. Verloren waren Aufwand und Mühen, die das alles einmal gekostet hatte.

Neubeginn

In Aschersleben

Für mich begann in Aschersleben eine angenehme Schul- und Jugendzeit. In der Klasse 7b wurde ich herzlich aufgenommen. Meine Schule war das ehemalige Lyzeum am Burgplatz, das auch meine Schwester zeitweise besucht hatte. Wir Schülerinnen, die wir alle in enger Nachbarschaft wohnten, bildeten eine Clique. Wir holten uns morgens vor dem Unterricht zu Hause ab und schlenderten gemächlich durch die alten Promenaden, an der ehemaligen Stadtmauer und den Türmen entlang zur Schule. Nicht nur die Burgschule, sondern auch die uns anschließend aufnehmende Luisenschule und das heutige Stephaneum (damals Thomas-Müntzer-Oberschule) befanden sich in diesen, die älteste Stadt Sachsen-Anhalts zu jeder Jahreszeit so prägenden, Anlagen. Natürlich feierten wir unseren Geburtstag gemeinsam und auch Silvester – und die Freundschaften bestehen teilweise heute noch.

Mein Vater und meine Schwester bekamen Arbeit, er als kaufmännischer Angestellter, sie als Stenotypistin. Mutter trug mit großem Fleiß durch Verkauf von Erzeugnissen aus unserem gepachteten Garten zum Lebensunterhalt bei. Sie war es, die bei Geschäftsleuten nach deren Wünschen fragte, ich lieferte dann das Bestellte aus. So nahm der Fleischer gern Gladiolen, der Bäcker Erdbeeren und Pflaumen. Auch grüne Bohnen fanden leicht Abnehmer. Doch nicht nur im Garten arbeitete Mutter unermüdlich. Sie sorgte auch für eine gelähmte Dame im Haus, für eine Verwandte meiner Großmutter im Altersheim, bot meiner Cousine Waltraud aus Hoym, die eine Lehre in Aschersleben absolvierte, Mittagstisch, und eine Schulfreundin aus Königsaue durfte ich nach der Schule auch mitbringen, wenn wir Nachmittagsunterricht hatten. Unsere Mütter hatten übrigens zu fast gleicher Zeit in der Klinik Dr. Kuntzsch auf dem Zollberg entbunden.

Im Winter war es kalt, denn unsere Wohnung lag im Erd-geschoss. Es existiert ein Foto, da sitzen Irmgard und ich rechts und links neben dem kleinen Ofen, mit dicken Jacken und warmen Stiefeln bekleidet, über uns ist Wäsche zum Trocknen aufgehängt. Irmgard strickt, ich lese die »Frei-heit«. Kohlen bekam man mit Bezugsschein, aber es waren meist Briketts aus Rohbraunkohle mit hohem Wassergehalt, die sich nur schwer anzünden ließen und auch nicht viel Wärme erzeugten. Doch es ging ja fast allen Einwohnern so und keiner klagte. Und der nächste Frühling war gewiss.

Manchmal kam Irmgards Freundin Hildchen, die frü-her mit ihren Eltern bei uns auf dem Hof gewohnt hatte, aus Bitterfeld zu uns, um zu nähen. Ich bekam einen schö-nen Wintermantel aus Vaters Wehrmachtsmantel, schö-nes grünes Tuch, mit dunkelgrünem Samt am Kragen. Für Irmgard arbeitete Hildchen einen warmen Wollmantel aus einem ehemaligen Fliegermantel um, den uns Tante Hilde dagelassen hatte. Es war dunkelblaues Tuch, das mit silber-grauem Kaninchenfell verziert wurde. Später nähte sie mir sogar ein elegantes Kleid für meinen Tanzstundenball. Die Idee kam von Irmgard. Sie verwendete den Zuschnitt ihres Kleides vom Maskenball und orientierte sich diesmal am Biedermeierstil, wozu die geopferten, seidenen Übergardi-nen mit Blümchenmuster bestens geeignet waren. Mutter ging wohl leer aus.

Die Deckelvasen

Oft rufen gegenwärtige Erlebnisse und Beobachtungen Erinnerungen in mir hervor. So ist es auch unlängst im Hof des Dresdner Zwingers geschehen, als eine Stadtführerin ihren Gästen die Dragonervasen erklärte, die im Fenster der Porzellansammlung zu sehen sind. Natürlich erzählte sie, dass August der Starke 1717 dem Preußen sechshundert Soldaten dafür übergeben habe. Friedrich Wilhelm I. erstellte dann mit diesen ein Dragonerregiment.

»Nun«, so die Stadtführerin, »die Dragoner sind längst gestorben, aber wir haben die Vasen!«

Meine Eltern besaßen zwar nicht solch kostbare chinesischen Gefäße, dennoch hatten sie zwei Deckelvasen geerbt, vermutlich Kopien aus Meißen. Diese prangten in Hoym im großen Zimmer auf der Anrichte. In der kleineren Wohnung in Aschersleben fehlte der Platz dafür.

Als meine Konfirmation bevorstand und im vornehmen Aschersleben eine ungeschriebene Kleiderordnung für dieses Ereignis herrschte, war guter Rat teuer. Die Konfirmandinnen trugen zur Prüfung eine Woche vor der Einsegnung ein dezentes dunkelblaues oder schwarzes Kleid, am Festtag selbst gingen sie in Weiß.

Da nahm mein Vater die Deckelvasen und verkaufte sie in Westberlin. Das muss Ende 1949 gewesen sein. Von dem Erlös kaufte meine Mutter dann – ebenfalls in Westberlin – entsprechende Stoffe für mich. Was haben die Eltern doch alles für mich – ihre Jüngste, wie sie immer betonten – getan!

Und wieder putzte mich Hildchen heraus!

Die Veranstaltung in der altehrwürdigen Stephanikirche war überwältigend. Mein Konfirmationsspruch lautete:

»Selig sind die Friedfertigen, denn sie werden Gottes Kinder heißen.«
Ich gelte wohl noch immer als friedfertig, obwohl ich heute kein Mitglied der Kirche mehr bin.

Im Jahr 1953 fanden noch zwei überraschende Begebenheiten statt, die ich unbedingt beschreiben muss:

Wenn es anders kommt

Es war am 17. Juni. Vater genoss die Mittagspause. Jetzt, außerhalb der Kampagne, da die Rüben noch auf den Feldern reiften, konnte er die Lohnbuchhaltung in der nahen Zuckerfabrik regelmäßig gegen zwölf Uhr kurz verlassen und nach Hause eilen. Dort fand jeden Tag das gleiche Ritual statt: Er nahm das von meiner Mutter bereits mundwarm angerichtete Essen ein und hörte nebenbei Nachrichten. Dann machte er sich fünf Minuten lang und hastete anschließend zurück zur Fabrik.

An diesem Tag aber war an Mittagsschlaf nicht zu denken. Gerade eben hatte ein Sender von Arbeitsniederlegungen in Berlin und anderen Städten der DDR berichtet und der andere von einem konterrevolutionären Putsch gesprochen, der angeblich vom Klassenfeind lange vorbereitet worden war. Vaters Entschluss stand fest: Heute würde er nach Feierabend nach Hoym fahren.

Es wehte ein heftiger Gegenwind, als er sich auf den Weg machte. Er schlug den Kragen der alten Uniformjacke hoch und trat kräftig in die Pedale. Das alte Fahrrad mit dem steilen Lenker ächzte und stöhnte. Die Hälfte der Strecke zwischen Aschersleben und Hoym war bereits zurückgelegt. Schon tauchte der Froser Wasserturm auf und bald auch der Ortseingang von Hoym. Eigentlich wollte mein Vater ja diesen Ort der Demütigungen nicht mehr betreten. Zu übel hatte man ihm hier mitgespielt. Er kannte das Schreiben auswendig, mit dem meiner Mutter im Herbst 1945 die Enteignung unseres Besitzes mitgeteilt worden war, während er sich in einem französischen Gefangenenlager durchhungerte. Eigentlich wären die 32 Hektar gar nicht unter die Bodenreform gefallen. Aber man stempelte ihn wegen seiner Militärzugehörigkeit zum Kriegsverbrecher ab. Jede einzelne Unterschrift des Schreibens hatte er sich eingeprägt, als sei er gewillt, den Unterzeichnern zuzurufen: »Ich bin noch da, ihr habt mich nicht kleingekriegt!«

Vater richtete sich auf. »Vielleicht kommt es ja bald anders, nachdem heute früh in Berlin die Arbeiter gestreikt haben«, dachte er. Dann schaute er über den Zaun unseres ehemaligen Gartens und war entsetzt, weil dort, in den von Mutter liebevoll angelegten Rabatten, jetzt die Hühner scharrten und vom rosablühenden, kriechenden Phlox und der schneeweißen Schleifenblume nichts mehr zu sehen war. Oft waren Leute hier stehen geblieben und hatten den gepflegten Steingarten bewundert.

Müller (Name geändert) war ihm gefolgt. Er hätte ein Gespräch mit Vater gesucht, so erzählte dieser uns, als er zurückkam. »Schade um den schönen Garten«, hätte Müller gesagt, »wenn das noch Ihrer wäre.« Da hat Vater gestutzt und gefragt: »Wie meinen Sie das? Waren Sie nicht Mitglied in der Gemeindebodenkommission und haben dort für meine Enteignung gestimmt?« »Ja, schon«, hätte sich Müller da gewunden und erwidert: »Ich konnte doch nicht anders. Alle Genossen haben dafür gestimmt. Wir brauchten doch noch einen Hof für meinen Schwager, wie sollte der sonst seine sechs Kinder durchbringen?« Vaters Frage: »Und wie sollte ich meine Familie durchbringen?«, beachtete Müller nicht. Schließlich redete er weiter, nachdem er sich vergewissert hatte, dass niemand mithörte: »Aber vielleicht kommt es ja bald anders, haben Sie schon von dem Aufstand in Berlin gehört?« Dann hätte er Vater ins Ohr geflüstert: »Wenn Sie Ihren Acker und Ihren Hof zurückkriegen, verpachten Sie mir dann ein paar Morgen?«

Da war in Berlin der Aufstand bereits niedergeschlagen worden.

Die Werbung

Es muss vor dem Tod meiner Mutter am 17. August 1953 gewesen sein. Als ich aus der Schule kam, begegnete mir im Hauseingang ein Mann in Uniform. Sofort ahnte ich Unangenehmes, wie immer beim Anblick von Polizisten in der Nähe meiner Familie, seit wir nach dem Krieg staatlichen Schikanen ausgesetzt worden waren. Aufgeregt fragte ich meine Mutter, was los sei. Die überraschende Erklärung lautete: Es sei ein Offizier der Kasernierten Volkspolizei gewesen. Man suche Helfer für den Aufbau einer Nationalen Volksarmee, da erscheine ihnen Vater aufgrund seiner Erfahrungen bei der Wehrmacht sehr geeignet. Und schließlich sei er ja auch kein Nazi gewesen. Der Offizier hätte sogar durchblicken lassen, dass im Falle einer Zusage meines Vaters die Möglichkeit der Rückgabe unseres im Rahmen der Bodenreform enteigneten Besitzes bestehe.

Mein Vater wäre außer sich gewesen und hätte geschrien: »Niemals. Ich schieße nicht auf meine Verwandten und Freunde im Westen!«

Die Angelegenheit hatte keinerlei Nachspiel. Mein Vater fristete weiterhin sein Leben als einfacher Angestellter in der Zuckerfabrik Aschersleben und danach im Institut für Kulturpflanzenforschung in Gatersleben, bei geringem Gehalt, aber als rechtschaffener Mann.

Mutters Tod

So langsam hatte sich unser Leben also normalisiert. Vater spielte wieder in einem Streichquartett, so gut wie es seine von der Gartenarbeit verhärteten Hände zuließen. Er besaß auch einige Bienenvölker und war Mitglied im Imkerverein. Zur Weidenröschenblüte standen die Bienenstöcke im Harz. Dann gab es schöne Familienausflüge, und während die Männer den Honig schleuderten, suchten wir Frauen Himbeeren oder Heidelbeeren. Da traf uns im August 1953 ein neuer, noch härterer Schicksalsschlag: Mutters Tod.

Sie starb nach kurzem Krankenlager. Die Ärzte vermuteten verdorbenes Obst als Ursache für ihre Beschwerden, schließlich war Sommer. Mutter klagte wie schon so oft über heftige Bauchschmerzen und war nicht in der Lage aufzustehen. In jenen Tagen – es waren Ferien – unterwies sie mich unter anderem im Bewältigen der großen Wäsche. Da war ich Herrin im Waschhaus und nutzte Waschbrett und Kessel. Ich spannte eine Wäscheleine im Hof und ließ Bettbezüge, Kopfkissen und Laken, Hemden und Unterhosen im Wind flattern. Ich hatte eine Aufgabe und half gern. Mein Vater soll sich gewundert haben, dass ich alles so gut meisterte.

Mutters Zustand verschlechterte sich. Als sie faulig riechenden, blutigen Stuhl ausschied, wies sie der von mir im Auftrag von Tante Gertrud herbeigerufene Arzt sofort ins Krankenhaus ein. Vater, Irmgard und ich blieben bei ihr. Ich wollte bis zum Schluss nicht glauben, dass es mit ihr zu Ende ging. Nie werde ich ihr Röcheln vergessen und ihr Fantasieren. Sie warnte uns vor Bohnen, die angeblich im Küchenfenster stünden. »Nicht essen«, sagte sie.

Auf einmal röchelte sie nicht mehr. Eine Krankenschwester drückte ihr die Augen zu. Still verließen Vater, Irmgard und ich das Sterbezimmer. Vater stimmte einer Obduktion zu, um Gewissheit über die Todesursache zu bekommen. Man stellte fest, dass Mutters Darm infolge eines schon länger bestehenden Leistenbruchs eingeklemmt und durchbrochen war und dem eine damals nicht behandelbare Bauchfellentzündung gefolgt war. Ob man ihr hätte helfen können, wenn man das Problem früher erkannt oder vermutet hätte? Vater unternahm jedenfalls nichts gegen die Ärzte. Mutter wusste von dem Bruch, glaubte jedoch – solange sie die Wulst mit der Hand immer wieder in die Leiste zurückdrücken konnte – sie könne sich eine Operation ersparen, die sie sich zeitlich und wohl auch finanziell nicht leisten konnte. Auch ein sogenanntes Bruchband hatte sie nie getragen.

Mutter durfte wie Großmutter im Familiengrab auf dem Hoymer Friedhof beigesetzt werden. Das Begräbnis war sehr feierlich. Die Kapelle, in der wieder Onkel Karl die Trauerrede hielt, fasste gar nicht alle Gäste. Ein paar Tage vor der Beerdigung waren Irmgard und ich beim Hoymer Pfarrer gewesen, um ihn zu bitten, sich im Fall unserer Mutter von Onkel Karl vertreten zu lassen. Der Hoymer Pfarrer war sehr gütig und sagte zu. Beim Abschied legte er seine Hand auf meine Schulter und sprach: »Es tut mir außerordentlich leid, dass Sie nun ohne Mutter sind. Gerade in Ihrem Alter braucht man doch eine Mutter noch sehr.« Wie recht er hatte. Ich fühlte mich nun wirklich allein. Schließlich hatte meine Schwester bei meinem Schwager Kurt längst Geborgenheit und Zukunft gefunden. Und mein Vater schien den schweren Verlust kaum zu verkraften. Bevor der Sarg endgültig verschlossen wurde, durften wir, Vater und ich, Mutter noch einmal sehen. Da lag sie nun auf ihrem Kissen, zwar blass, aber sehr schön, beinahe verjüngt. Nichts war ihr mehr von den Schmerzen anzusehen. Vater weinte. Ich habe ihn nur zweimal in meinem Leben weinen sehen, damals, als der Hänger beim Auszug vom Hoymer Hof verweigert wurde und jetzt. Mich dagegen drängte es, mir dieses friedliche Antlitz einzuprägen, um es niemals zu vergessen. Niemand würde mir nun am Samstagabend vor dem Schlafengehen sagen: »Morgen kannst du so lange schlafen wie du willst.« Das hatte immer wie ein Geschenk geklungen. Dabei bin ich doch meiner Mutter gegenüber – in den sogenannten Flegeljahren – manchmal durchaus frech und ungezogen gewesen. Noch heute mache ich mir Vorwürfe deswegen.

Schließlich drückte mich Vater an sich und führte mich dann zur ersten Sitzreihe in der Kapelle, wo wir neben Irmgard, Kurt und Tante Gertrud Platz nahmen. Tante Gertrud hatte sich wie stets bei Familienangelegenheiten bescheiden im Hintergrund gehalten. Ich glaube, sie war sehr traurig, aber zeigte es nicht.

Da wurde mein Vater durch ein bewegendes Ereignis von seinem Schmerz abgelenkt: Mein Onkel Ludwig wurde nach acht Jahren Zwangsarbeit in sowjetischen Gefangenenlagern entlassen und konnte mit seiner Familie in Goslar ein neues Leben aufbauen. Glücklich lagen sich die drei Brüder, Onkel Hermann, Onkel Ludwig und mein Vater, in den Armen. Nach dem Abitur durfte auch ich vier Wochen in Goslar sein.

Nach Dresden

An und für sich wollte ich nach dem Abitur Chemie oder Pharmazie an der Martin-Luther-Universität Halle-Wittenberg studieren. Der Direktor der Thomas-Müntzer-Oberschule Aschersleben hatte mir am Ende des zwölften Schuljahres in einem vertraulichen Gespräch zu verstehen gegeben, das Lehrerkollegium habe meine Studienbewerbung trotz der »kaderpolitisch negativen Vergangenheit« meines Vaters befürwortet. Nun, die Uni schickte eine Ablehnung, angeblich aus Kapazitätsgründen, eine persönliche Vorsprache nützte nichts.

Da versuchte mein Vater mir eine Ausbildung zur Saatzuchtassistentin im Institut für Kulturpflanzenforschung in Gatersleben – seiner damaligen Arbeitsstelle – zu vermitteln. Doch der Professor, bei dem wir anklopften, ließ uns gar nicht erst eintreten. Dennoch habe ich mehr als zwanzig Jahre später auf den Ergebnissen einer Vertragsforschung zwischen dem Arzneimittelwerk Dresden und seinem nunmehr Hallenser Institut meine Dissertation aufgebaut.

Schließlich half mir eine Dame aus unserem Haus. Wir hatten uns mit ihr angefreundet und so hatte mein Vater sich ein Herz gefasst, sie wegen einer Stelle in der Biologischen Zentralanstalt in Aschersleben für mich anzusprechen. Dort leitete sie im Institut für Phytopathologie eine Arbeitsgruppe. Und dieser dritte Versuch hatte Erfolg: Ich wurde als technische Hilfskraft in der Abteilung Entomologie eingestellt. Meine Aufgabe bestand darin, die Wirkung von Schädlingsbekämpfungsmitteln an verschiedenen Insekten zu prüfen, wie zum Beispiel Schaben oder Zwiebelfliegen. Besonders die Ergebnisse eines von meinem Abteilungsleiter entwickelten sogenannten Inkrustierungsverfahrens an Zwiebelsaat waren im nächsten Jahr hervorragend. Die mit behandelten Samen bestellten Versuchsfelder zeigten optimal entwickelte Zwiebelpflanzen, der Aufwuchs aus nicht behandeltem Saatgut starb infolge eines hohen Aufkommens von Zwiebelfliegen ab.

Ich durfte das Verfahren für eine Zeitung demonstrieren. Als meine Kommilitonen im Jahr darauf die Fotoreportage entdeckten, wurde ich für sie zur »Zwiebelprinzessin«.

Weniger gut gelang mir der Versand der Tiere an interessierte Berufskollegen meines Chefs. Es wurden Klagen laut wegen Verletzungen von Mitarbeitern beim Auspacken der Sendungen. Ich wusste nicht, dass es für die auf Nadeln aufgespießten Insekten Spezialkartons gab.

Der Freund einer Kollegin studierte zu dieser Zeit in Dresden Elektrotechnik. Von ihm erfuhren wir, dass es an der Technischen Hochschule Dresden eine Fachrichtung Biologie gibt. Ich bewarb mich umgehend, musste aber erfahren, dass in jenem Jahr – 1955 – keine Biologiestudenten immatrikuliert würden. Aber man empfahl mir ein Mathematikstudium. Mein Vater riet mir, zuzusagen, vielleicht könne ich ja irgendwann die Fachrichtung wechseln. Die Rechnung ging auf. Ich hatte zu älteren Biologiestudenten in der evangelischen Studentengemeinde Kontakt aufgenommen, und sie informierten mich über geplante Neuimmatrikulationen im Jahr 1956. Zufällig kannten sich mein Aschersleber Chef und der Fachrichtungsleiter für Biologie in Dresden aus ihrer gemeinsamen Assistentenzeit in Halle. Die Befürwortung von Professor Nolte und meine praktischen Erfahrungen ermöglichten mir unter anderem den Fachrichtungswechsel. Die Mathematikprofessoren hatten nichts dagegen, hatte ich doch große Probleme zum Beispiel mit Gleichungen höheren Grades oder bei der Vorstellung mehrdimensionaler Räume. Mein Mann, dem ich als Mathematikstudentin vorgestellt worden war und der wohl selbst gern Mathematik studiert hätte, nahm die Veränderung gelassen. Die Fachrichtungen hatten ohnehin keine Bedeutung mehr für unsere Beziehung.

Wir hatten beide Glück und durften nach dem Studium in Dresden bleiben. Mein Mann arbeitete und promovierte am Institut für Werkzeugmaschinen der Technischen Hochschule, ich erhielt eine Stelle in der Abteilung Mikrobiologie des Forschungsinstitutes im Arzneimittelwerk Dresden. 1968 wurde unsere Tochter geboren. Es ging uns gut. Ein Trauma aus den Nachkriegsjahren aber war geblieben. Ich schloss für meine und damit für unsere Zukunft aus, je ein Grundstück zu kaufen oder ein Haus zu bauen. Zu groß war der Schmerz der Enteignung gewesen, unermesslich die Trauer um den Verlust des Familienerbes. Auch musste ich immer wieder an das Leid und die Erniedrigung der Eltern in jener Zeit denken. Und wer hätte mir garantiert, dass ich das neu erworbene Eigentum ein Leben lang behalten würde?

Wendezeiten

Auf der Fähre nach Pillnitz hörte ich wie jemand sagte:
»Habt ihr schon gehört, die kriegen ihre Häuser und
Grundstücke nicht zurück! Ist doch gut so, oder?« Das
war an einem Tag im April 1991, nachdem in Karlsruhe
entschieden worden war, dass entschädigungslose Ent-
eignungen aus den Jahren 1945 bis 1949 nicht rückgängig
gemacht würden. Ich gehe davon aus, dass die Leute auf
der Fähre Alteigentümer meinten, die auf dem Gebiet der
heutigen neuen Bundesländer im Rahmen der Bodenreform enteignet worden waren. Bei mir öffnete sich in dem
Augenblick eine Wunde, die jahrelang geheilt schien, weil
nicht beachtet und genährt. Nun zeigte sich, dass sie nur
überwuchert war von anderen Ereignissen meines Lebens.
Hatte ich doch als Kind die Bodenreform miterlebt, war
selbst Leidtragende gewesen und musste nun feststellen,
dass kaum bekannt war, was damals eigentlich geschah.
Deshalb habe ich mich entschlossen, meine Geschichte und
die meiner Familie aufzuschreiben.

Alle durch die Bodenreform Enteigneten hofften nach
der Wiedervereinigung auf Rückgabe ihres Eigentums. Als
der Einigungsvertrag das ausschloss, klagten einige von ihnen vor dem Bundesverfassungsgericht. Der Antrag wurde
abgelehnt mit der Begründung: Die Anerkennung der
Rechtmäßigkeit der unter sowjetischer Besatzungshoheit
durchgeführten Maßnahmen sei der Preis für die deutsche
Einheit. Meine Schwester schrieb mir nach dem Karlsruher
Urteil: »Nun wurden wir ein zweites Mal enteignet. Gut,
dass unsere Eltern diese Enttäuschung nicht mehr erleben.«
Das Urteil wurde 1994 vom Europäischen Gerichtshof be-
stätigt. Die erhaltenen Ausgleichszahlungen will ich hier
nicht verschweigen. Sie sind aber vernachlässigbar, weil sie
nicht dem tatsächlichen Marktwert entsprachen. Ein mög-

licher Rückkauf des elterlichen Grundbesitzes kam für uns wegen fehlender finanzieller Mittel nicht infrage.

Abgesehen von jener Entwicklung betrachte ich es aber nicht als Unglück, dass mich das Schicksal nach Dresden geführt hat. Dresden ist seit nunmehr 60 Jahren meine Wahlheimat. Hier lernte ich meinen Mann kennen, wir wurden eine Familie, und ich konnte mich beruflich verwirklichen. Auch die vielseitige Umgebung, die Elbe und das große Freizeitangebot machten und machen mein Leben an diesem Ort lebenswert.

Meine Schwester hat mich jedes Jahr in Dresden besucht. Irgendwann brachte sie mir von einem Ausflug in das erzgebirgische Spielzeugdorf Seiffen ein Dutzend kleine, geschnitzte Hühnerfiguren mit, zur Erinnerung an den Hoymer Hühnerhof.

Gelegentlich fahre ich noch nach Hoym oder auch nach Reinstedt, um Blumen dorthin zu legen, wo Mutter und Vater begraben sind. Stets sehe ich dann auch nach dem Haus an der Selke, registriere Veränderungen – und gehe weiter. Meine heutigen Empfindungen sollen abschließend durch das folgende Gedicht von mir wiedergegeben werden:

Abgelegen

Ich mag diese Orte,
wo jeder Baum ein Naturdenkmal ist,
wo Fachwerkhäuser Geschichten erzählen,
wo Efeu und Heckenrosen über bröckelndes Mauerwerk
klettern,
wo die Kinder jeden Fremden grüßen im Dorf und
wo die alten Leute in Erinnerungen schwelgen.
Ich mag diese Orte,
aber nur einen Tag lang.

Dann zieht es mich zurück
in meine Stadt.
Am Wege ein Wald aus Windrädern,
Felder mit Raps und
die kommende Zeit.
Offen will ich ihr begegnen.

Die Autorin

Gisela Nordmann, 1936 als Gisela Mühlenberg in Aschersleben geboren, studierte an der Technischen Hochschule Dresden (später TU Dresden) Biologie. Als Diplombiologin war sie 30 Jahre in der Industrieforschung tätig. 1980 promovierte sie an der Martin-Luther-Universität Halle-Wittenberg zum Dr. rer. nat. Seit 1991 widmete sie sich verstärkt ihrem Hobby, dem Schreiben, und nahm regelmäßig an Schreibzirkeln teil. Ihre Texte – Kurzgeschichten und Lyrik – wurden in Zeitungen, Zeitschriften und Anthologien sowie 2006 unter dem Titel »Vertraute Stadt – Begegnung mit Dresden« veröffentlicht. 2009 erschien ihr Büchlein »Wenn der Sommer geht«. Gedichte, Gedanken und Erlebtes enthält das Bändchen »Und die Magnolie blüht« von 2013. Gisela Nordmann ist verwitwet, hat eine Tochter und einen Enkel und lebt seit 1955 in Dresden.

Quellen und weiterführende Literatur

Aus dem Sagenschatz des Harzes, Halberstadt 1965

Adolf Ehlers: »Hoym, eine geschichtliche Beschreibung«, Cöthen (Anhalt) 1903

Festschrift »1000 Jahre Hoym«, Aschersleben 1961

Festschrift »1050 Jahre Hoym«, Wernigerode 2011

Volker Koop: »Besetzt, Sowjetische Besatzungspolitik in Deutschland«, Berlin-Brandenburg 2008

Sächsische Zeitung vom 21./22.11.1992: »Neustädter Allee bestimmte Kindheit. Vor 150 Jahren wurde Wilhelm von Kügelgen als Malersohn geboren«

Von Gisela Nordmann außerdem erschienen:

Vertraute Stadt: Begegnung mit Dresden
Eine junge Frau zieht nach Dresden. Und was anfangs nur Studienort ist, entwickelt sich zur Wahlheimat, zum neuen Zuhause, das sie um keinen Preis gegen ein anderes eintauschen möchte. Ihre intensive Begegnung mit der Residenzstadt an der Elbe hat Autorin Gisela Nordmann in Erzählungen und Gedichten festgehalten. Dabei sind stimmungsvolle, sorgfältig gezeichnete Miniaturen entstanden: Momentaufnahmen, Naturbeobachtungen, Bilder von historischen Ereignissen wie dem feierlichen Augenblick, als die wieder errichtete Frauenkirche ihre Turmhaube erhielt. Vehement bricht Nordmann eine Lanze für die so häufig geschmähte »Platte«: »Ich wohne in einem solchen Plattenbau, und das sogar gern.« So zeichnet sich unter den persönlichen Eindrücken auch das große Ganze ab, die gesellschaftlichen Verhältnisse in der DDR und der sich rasch vollziehende Wandel nach der Wende.
Eine lebendige Hommage an eine Stadt und ihre Bewohner.
ISBN 978-3-8334-2345-1

Wenn der Sommer geht: Gedichte und Erzählungen
In diesem Buch wendet sich Gisela Nordmann einfühlsam dem Thema »Älterwerden« zu. In Gedichten, Erzählungen und biografi schen Texten stellt sie sich voller Wärme und Mitmenschlichkeit diesem natürlichen Prozess. Es sind zumeist die scheinbar alltäglichen Dinge, denen sie auf der Spur ist. Dabei lässt sie sich immer wieder von den Kostbarkeiten überraschen, die ihr die Natur im Wechsel der Jahreszeiten schenkt. Unpathetisch, oft mit einer guten Prise Humor, zeigt sie, wie das Leben trotz mancher schweren Stunde schön und lebenswert sein kann, auch »wenn der Sommer geht«.
ISBN 978-3-8334-2367-3

Und die Magnolie blüht: Gedichte, Gedanken, Erlebtes
Naturentdeckungen, Reflexionen über das eigene Ich, Alltagserlebnisse aus einem neuen Blickwinkel, retrospektive Erinnerungen – das sind die vielfältigen Themen, denen sich Gisela Nordmann in ihrem Buch »Und die Magnolie blüht« widmet. Ihre Gedichtminiaturen lassen Alltägliches in neuem, überraschendem Licht erscheinen. So begleitet sie der Leser durch das Jahr, erlebt das Blühen der Malven, beobachtet eine Begegnung in der Straßenbahn, fühlt die bleierne Schwere eines Zugunglücks oder spürt das Flirren der Sommerhitze. Doch auch in ihren Prosa-Kurztexten schildert die Autorin auf humorige wie einfühlsame Weise Szenen aus dem Leben, die sie klug wahrnimmt und die von Wärme und Hilfsbereitschaft wie von Heimatverbundenheit und Lebensfreude zeugen.

ISBN 978-3-7322-3360-1